الجميلة والعقاب

(روايـــــــة)

بطاقة الكتاب

اسم الكتاب: الجميلة والعقاب (روايــة)

الكاتب: د. كريم المسلمانى

التنسيق والإخراج الفني: سليل الفراعنة

تصميم الغلاف: إسلام عادل

المقاس: ٢١×١٤.٨

الطبعة الأولى: ٢٠٢٣

رقم الإيداع: /2023

الناشر: دار صيد الخاطر للنشر والتوزيع

المدير العام: أحمد فؤاد

للتواصل: 0109 076 7919

العنوان: ميدان الساحة – الدقي – الجيزة

(روايـــــــــة)

الجميلة والعقاب

للكاتب

د. كريم المسلماني

This is a work of fiction. Similarities to real people, places, or events are entirely coincidental.

الجميلة والعقاب

First edition. 2024.

Written by كريم المسلماني.

بينما ارتفعت الشمس الجميلة المشرقة، فى ذلك اليوم من أيام شهر يوليو، تتوسط كبد السماء، معلنة عن بدء يوم جديد، يبعث الأمل فى النفوس، ويساعد على مواجهة أعباء الحياة المعتادة في العمل بالنسبة للعاملين، وفي المنزل بالنسبة لربات البيوت..

شعر الناس في تلك البقعة من منطقة حي مصر القديمه، بحركة غير عادية، وأصوات غربية، تصدر من إحدى البيوت التي تتوسط حارتهم، ويطلقون عليه اسم:

(بيت حسان)

وهناك، داخل هذا البيت، كان فعلاً تصدرمنه أصوات غير عادية.....

قالت (هند) لجارتها أم محمود:

- ما هذه الضجة، ماذا يفعل أولاد الملاعين هؤلاء!

ردت أم محمود بإبتسامة غامضة:

- إنها (وداد)، يبدو أنها تعد المنزل لإستقبال أهل زوجها..
- هل سيأتون اليوم، ما المناسبة؟
- ألا تعلمين يا بلهاء؟! لقد ماتت أم (جابر) حماتها فجر أمس..
- ماذا تقولين؟ هل ماتت (أم جابر)؟!!
- لا تقولى أنك لم تعلمي، الحارة كلها علمت.

- حتى لو قالت المنطقة كلها فلن أصدق! حسبت أن هذه الشمطاء لن تموت أبداً، لقد إقتربت من المائة!

إبتسمت (أم محمود) وقالت في خبث:

- يبدو أنه هذا كان رأى زوجة إبنها أيضاً!

ونعم بدي قول (أم محمود) حقيقياً جداً..

ففي داخل البيت، كان يحدث أمراً غريباً!.

***

إنطلقت (وداد) داخل البيت تهرول في أرجاءه، و تفعل أشياء غربية..

كانت تفتح كل نوافذ المنزل.....

كانت تغير قطع الأثاث المتواضع، كل قطعة في مكان آخر مختلف عن مكانها الأصلى كانت تنظف كل ركن وكل شبر و تضحك، ثم تبكي!

تصرخ فى سعادة، وتضحك في دموع.. ظلت تجرى فى كل المنزل لما يقرب مع ساعة تغير في كل شيء، حتى تملكها التعب وسقطت...

سقطت في ركن الغرفة، دفنت وجهها ذو القسمات الجميلة بين ذراعيها و راحت تنهنه فى خفوت...

كانت مشاعرها متناقضة بشكل عنيف.... كانت سعيدة في حزن، وباكية في تشفٍ، دامعة في إنتصار، وضاحكة في شجن..رفعت رأسها بعد

برهة، وأخذت تنظر إلىٰ كل ركن في المنزل المتواضع برغم كبر حجمه...

و شردت..

شردت في عمر ماض، و وقت توقفت عن عده منذ زمن..

عادت بذهنها هناك،

الي ماض سحيق ...

❋❋❋

" ما أجمل أراضينا...

صرخت وداد الصغيرة ذات الـ ٩ أعوام بهذه العبارة وهي تركض بين أشجار أرض والدها، تعبث هنا وهناك وتقطف من هذه الشجرة، وتداعب أوراق تلك...

الحق أن الأرض كانت جميلة فعلاً...

كانت من أخصب أراض البلدة، تثير حسد الكثير من من الأهالي، كما أن جدها وأباها وأعمامها، قائمين عليها خير ما يكون القيام، ويتعهدونها بالزراعة والاعتناء والسقاية أولاً بأول...

تلك الأرض كانت مصدر رزقهم الوحيد، تتوسطها دار واسعة جداً، حتى أنهم جعلوا جزئاً منها للبهائم....

حياة المزارعين تختلف عن أهل المدن، فيها الكبير من جمال وروعة الطبيعة، يأكلون من الأرض ويرعون البهائم ويجلبونها، ويربون الدجاج، ويفطرون كل يوم من البيض الذي يجمعونه مع أول نسمات الفجر...

صحيح لا يوجد بها كهرباء إلا أوقات قليلة، إلا أنهم لا يحتاجونها كثيراً على أية حال، فهم ينامون مبكراً ويستيقظون فجراً، ثم أن التلفاز لم يكن قد إنتشر في القرية بعد، ولم يرى الأطفال سحره قبلاً.....

زراعة و لعب ونوم مبكر هذه هي حياتهم.. إلا أن دوام الحال من المحال كما نعلم من حال الدنيا

***

" كبرتى يا (وداد) وقرع الخُطاب بابك "

قالت أمها ضاحكة، هذه العبارة وهي تربت على كتف إبنتها (وداد)..

لما لا، وهى تعتبر من أجمل بنات القرية، كما أنها قاربت على سن الزواج، وهو بالنسبة لهم، عشر سنوات تكفى! لكن (وداد) حالياً في الرابعة عشر، وهذه سن حرجة جدا!، كما إن عدد الاخوة كان كبيراً، إبنتان و أربعة من الذكور، الحالة المادية ميسورة كما قلنا..

لكن تخفيف الحمل لهو أسلوب حياة!

قالت وداد لأمها في لهفة طفولية:

– من تقصدين يا أماه؟ ها؟!

– إحتشمى يافتاة، منذ متى تتساءل الفتيات عن خُطّابهم، إنه عريس
وكفى..

تعارض قولها مع تشويقها للفتاة من الأساس. وهي من الطبيعي وأبسط
حقوقها أن تسأل عمن يطلبها، لكن كما ذكرنا أنفاً، كان لهم عادات عجيبة
نوعاً، وعادات وتقاليد لا تعرف إن كانت سواحلية أم ريفية!

بعض كلامهم يكون قاسياً جداً، لا يرحمون وكأنهم في عداوة بالغة، وأحياناً
ينفرطون من الحنان، لدرجة التساهل الامتناهى! لا معلومات صحيحة، لا
معرفة دينية حقيقية، لا أسلوب تربوى معروف كهنه....

على أن (وداد) تربت في حضن هذه الأجواء فلم يكن طريقة الكلام غربية
بالنسبة لها، فصمتت باسمة، وهى تتخيل شكل (العريس) المرتقب.. في
الواقع أن أحلامها لم تصل لحد الزواج، فهى على عكس الكثيرين من بنات
القرية، كانت ذكية ولماحة، تمتلئ شغفا بالحياة، مرحة إلى درجة كبيرة..

كان أقاربها المتعلمين يطلقون عليها

لقب..(الموناليزا)..

سألت عمها يوماً وهو يقوم معه بنزهة في القاهرة:

– ما معنى هذه (المنليزا)!؟!!!

قال لها مبتسماً:

" (الموناليزا)، إنها رسمة لأجمل بنات إحدي قرى بلد تدعى إيطاليا. أحبها الرسام لجمالها ونظرتها الساحرة، فقام برسمها رسمة عاشت حتى وقتنا هذا "

إبتسمت في سعادة، متخيلة من يرسمها يوما لنفس الأسباب، وآثار إعجابها أن الرسمة لبنت من قرية، مثلها تماماً..

هى من قرية، والموناليزا من قرية، فما الفارق؟ عيناها الزيتونى كانت خلابه حقاً [(وداد)لا (الموناليزا)]، وشعرها أسود فاحم وبمقاييس الجمال كلها، فهي أجمل بنات قريتها فعلاً، أو هكذا يقولون، ثم انها تراه بعينها الصغيرة المتطلعة للحياة، بعيون كل شباب القرية..

وراحت تتخيل أن حتماً مستقبلها سيكون مشرقا كجمالها، إلا أنها كانت مخطئة!

❋❋❋

أول صدمة كانت التعليم.. تعليم! ماذا سيفعل لها التعليم؟! إن مصيرها الزواج حتما، وخاصة بهذا الوجه الساحر، الذي يخلب لب كل شباب القرية!.

كانت هذه كلمات أمها، والتي وافقها عليها أباها سريعاً طبعا، خاصة وأن هذا يوفر كثيرا من المال.. لم تدرك أن هذا القرار سيحطمها، إلا حينما رأت أختها الأصغر كبرت ودخلت المدرسة بالفعل!

١٠

برغم أنها مليحة أيضاً و ستتزوج حتماً مثلها، لكن كما قلنا، لم تكن للأسرة منطق مفهوم في التفكير،

أو رأى يستمر للأبد..

تركض أختها في الدار تصرخ باكية:

– لا أريد الذهاب للمدرسة! إنها كالجحيم! وتمزق كتبها وتلقيها أرضاً، فتهرول (وداد) تلم الورق الممزق، وتحاول قراءته..

برغم أنها لم تتعلم القراءة بعد!

كم تمنت أن تدخل المدرسة، تتعلم وتفهم، لكن للأسف لم تلتق أحلامها وطموحاتها مع احلام وطموحات أهلها، و تساءلت في نفسها لماذا أتاحوا الفرصة لأختها الصغيرة إذن و حرموها هي..؟!

لكن الأمر نفسه تتكرر مع ولادة الذكور، أصبح الآن لها ثلاثة أشقاء ذكور بجانب أختها.

منهم من أكمل تعليمه حتى الشهادة الصناعية (الدبلوم)، ومنهم من اكتفى بالإبتدائية فقط وخرج للزراعة مع أبيه..

إلا أن القدر لم يمهلهم كثيراً!

مع ولادة الابن الأصغر، توفى والدها! الصدمة كانت رهيبة، خاصة وأن الوالد كان سليماً بدنياً، والأعمار مرتفعة في قريتهم، لكن خبر وفاته أثناء عمله

في أرضهم، كان مفاجأة، ووضع الأم فى مشكلة حقيقية... الريف ليس كالمدن، وكما ذكرنا، القوانين والعادات مختلفة تماماً عن الحضر، فكرة أن تكون السيدة مطلقة أو أرملة، هي العذاب بعينه..

- (حميدة).. أنا أولى بلحمي، أولاد أخى، هم دمى ولحمى، لا أستطيع أن اتركهم للغريب..

سألم الشمل وأتزوجك و...

- مستحيل أن أتزوج بعد أخاك يا (بدوى)..
- إذن تريدين الفجور حتما!!

كان من المحال أن تقنعه بالعكس، السيدة التي يموت زوجها وترفض الزواج بأخيه بعده، هى فاجرة، أو ستتزوج قريبا من رجل يسرق أموال أولاد أخيه، دعك من أن الثروة عبارة عن أراضى أصلاً، المساس بها ليس له حد إلا الدم.

- لن أتزوج يا (بدوى)، سأعيش لتربية اولادى و رعاية أرض زوجى.

وهذا قرار (لمن هو من أهل الريف). يعرف الجميع أن صاحبه بات في أتون مشتعل للأبد، محاط بالشكوك والأطماع طوال الوقت.

ناهيك عن تربية الأولاد الذكور، إنهم رجال البيت الآن بعد والدهم، و عليهم تحمل المسئولية للأبد..

أما البنات، فطبعاً كان الحل جاهزا بالنسبة لهم!

***

– إلى أين أنتي ذاهبة يا (حميدة)؟؟

– ذاهبة إلى القاهرة، زيارة سريعة لعمة الأولاد.

– تطلبين المال منها كالعادة! إن أمور الشحاتة هذه..

– اخرس يا (بدوى)!، لست ممن يمدون أيديهم. هذه السيدة عرضت على أموال كثيرة من قبل ولم أقبل، كما أنني لا أحتاج لأحد.

قالت أخر عبارة بغل ناظره له نظرات نارية تعني: كنت أجدر بك أن لا تحوجني لأحد، وتنفق على أولاد أخيك، لكنك وغد أحمق، لا فرق بينك وبين دواب الخطيرة بالداخل!)

لكنها لم تقل ذلك بالطبع، واكتفت بأن تابعت:

– أنا أذهب إليها مرتين كل عام، وأحمل لها هدايا كثيرة، ولا أريد أن أن أقطع الاولاد عن عمتهم، يكفى وفاة أبيهم.

جدير بالذكر أن عمة الأولاد هذه تعتبر هو أيضاً، لكن كما قلنا سابقاً هناك قوانين خاصة بهذه القرية، وأبرزها أن من تخرج منها (خاصة النساء)،

تخرج من العائلة ولا يكون لها إعتبار ولا تورث كذلك أحياناً، برغم أنها خرجت لأنها تزوجت وليس لسبب مشين لا سمح الله!

- إذن لا تتأخرى، ولا تنس أن لكى أولاد هنا...

و أغمض عيناه نصف غمضة ورقق صوته مصطنعاً أكبر درجة ممكنة من اللطف قائلاً:

- ولكي حبيب ينتظرك بشوق!
- يالك من أحمق!!

❊❊❊

وصلت (حميدة) القاهرة صباح باكر، ملقية خلفها كل هموم الأرض والزرع والدواب و(بدوى)! ركبت أول سيارة أجرة وجدتها، كل مرة تفعل. ذلك وتحاسبه عمة الأولاد...

الحقيقة أن عمة الأولاد هذه هي الشئ الوحيد الجميل في حياتها حالياً، ولولاها لربما ألقت نفسها تحت حافر الدواب منذ زمن.

إسمها (سنية)، تزوجت موظفاً كبيراً في الدولة، في أحدالمصالح الحكومية الكثيرة لكنها لا تذكر اسمها أو ماهيتها، إنها وظيفة حكومية وكفى، وهذا كان مكانة رفيعة وقتها.

كيف تعرفت عليه؟ حسناً هناك من يقول أنها كانت مجتهدة في الدراسة وأعجب بها أحد مدرسيها وهذا أخيه الأكبر، وهناك من يقول لم أنها تتلق

تعليماً أصلاً وأنها تزوجت أحد أقاربها من ناحية أمها وسافرت معه إلى القاهرة. المهم أن (سنية) عاشت في حي الزيتون فى فيلا فاخرة حصل عليها زوجها بالوراثة، ثلاثة أدوار وحديقة غناء تنبت منها أنواع عديدة من الفاكهة، هناك شجرة مانجو ضخمة تقع ثمارها يومياً في شرفة الدور الثالث بفيلتهم.. ناهيك عن أنواع الخضروات والفواكه الأخرى وبستاني خاص للحديقة يهتم بها ويرعاها، وخادمة..

لها أربعة أولاد، إثنان من الإناث و إثنان من الذكور، يبدو أن زوجها كان غنيا كذلك أو إرثه كبير..

أين ذهب؟ حسناً لقد توفى الرجل بداء القلب منذ فترة كبيرة وترك على عاتقها تربية الاولاد والعناية بالحديقة.

كانت امرأة فريدة حقا..

إعتادت (سنية) ألا تبتاع أى ملابس، ولا تأكل، إلا من مخيطها وزرعها، و تصنع خبزها بيدها، هل تصدق ذلك؟! تصنع ملابسها بيدها على ماكينة خياطة كبيرة بمنزلها.. وكانت تغتاظ بشدة لو قلنا لها أننا نشترى ملابس من المحلات! وكانت تشتاط غضباً لو عرفت أنا نشترى الخبز كذلك! كانت لا تعتبر المرأة مرأة حقاً إلا إذا أكلت ولبست من عمل يدها!

أيضاً تربيتها لأولاها! الحقيقة كانت إنسانة عجيبة، نشأتها بسيطة وعاشت مع زوجها ليس بالقدر الكافي، إلا أنها حافظت على تربية سليمة ونشأة أخلاقية

لأولادها، وكانت حريصة على تعليمهم الخبز و العجن والتفصيل، وتحارب الإختراعات الحديثة. كالتلفاز والغسالة، وتستيقظ من السابعة صباحاً لتقوم بكل أعمال المنزل والاولاد على أكمل ما يكون.

جالسة على مقعدها الوثير بالشرفة، صبت (سنية) الشاى لـ (حميدة)، قائلة لها في سرور:

– لكى وحشة كبيرة يا (حميدة)، سعيده بمجيئك جداً، تأخرتى علي هذه المرة...

– أنتى تعلمين ما أنا فيه، يكفى أخيكي (بدوى)! يطاردني ليلاً نهاراً!

– هل لازال يأمل أن يتزوجك؟

– كل لحظة، لدرجة أنني أفكر بالإنتحار حالياً!

ضحكت (سنية) قائلة:

– إذن تزوجيه أفضل من الإنتحار...

– الموت مصير أفضل، أحمق من يعيد نفس التجربة، متوقعاً نتيجة أفضل، إذا كان فى هذه التوقيت وما أنا فيه، يأبى أن ينفق على أولاد أخيه وهو يريد إرضائي، فكيف به إذا تزوجته و صرت ملكه!!

ابتسمت (سنية) و حاولت أن تغير الموضوع قائلة:

– دعكى منه إذن واحكى لى عن قريتنا، أحوال الناس والعباد...

هل لا تزال الدواب و رائحة المزارع تفوح في كل شبر؟ هل لا زالت الدواب تمرح وتتكاثر وتصنع أصواتاً؟! هيا أنا مشتاقة جداً لما ستتقولين.

- ماذا أقول لكى؟ إن القرية جميلة كما هي، لا أدرى هل اعتدت عليها فأحببتها، أم هو موطن الإنسان ما ينسيه أى معاناة، أحياناً أشعر أنني لو خرجت منها مثلك أموت، كالسمكة تخرج من المحيط، وأحياناً مرأى (بدوى) اليومية تجعلنى أعيد النظر!

ضحكتا بصوت عال، ثم أخذت (حميدة) تحكي لها كل شىء عن القرية وأهلها..

***

- تعبت يا (سنية)، المسئولية ضخمة، تعلمين أن بعد وفاه أخيكي، لم أجد من يقف بجانبي إلا طمعا في الزواج منى، المال والورث أخذوه.. لا أخذ شيئاً منه لأننى غريبة بوجهة نظرهم، إلا إن تزوجت فرد منهم ثانية، أي فرد من اخوتك حتي لو كان متزوجا!
- أعلم يا حبيبتى، لقد ذُقت من نفس الكأس قبلك.
- المشكلة أن حتى أبى ظلمنى، كتب كل أمواله لأخي، الأرض كلها، وحجته أنه سوف يزرعها ويرعاها ويعطيني حقى، لكن للأسف زوجته تمنعه، تقول له أنت من تتعب وتشقى في زراعة الأرض، فلم

تعطها من كدك وتعبك؟ ويعطيني بعض الزروع للأكل فقط و يظن هذا كافيا.

لم أجد رجلا ينصفني أنا وأولادى اليتامى!

وبكت في أحضان (سنية) قليلاً، والتى فعلياً لم تكن تملك مساعدتها إلا ببعض المال فقط..

✳✳✳

لعبت (وداد) فى الحديقة طوال النهار تقريبا،.وأكلت من كل الثمار المزروعة فيها، تسامرت مع البستانى العجوز، ولعبت بكل حيوان قابلته، حتى الحشرات، فهي تهوى الحيوانات بصورة كبيرة، وتعشق لعبهم ولهوهم..

من الشرفة، حيث تقف مع (حميدة)، قالت (سنية):

– ما رأيك يا (حميدة) لو تتركين لى (وداد) شهراً؟ أرى الفتاة سعيدة وأنا أحبها جداً و ليس متاحاً لي أن أقضى معها أوقاتاً كثيرة، ثم أنها سوف تتعلم مني أشياء كثيرة قد لا تستطيع أن تتعلمها فى القرية، كما أنكِ اخبرتيني انها خرجت من التعليم، أليس كذلك؟ أستطيع هنا أن أعلمها الحساب والحروف، بل والخياطة و الطبخ،

بعيدا عن زحام القرية و أخوتها..

نظرت لها (حميدة) في قلق وقالت:

- لكن يا (سنية) يا أختى إنها الابنة الكبري، تساعدني في أعمال المنزل و ترعى أخيها الصغير، وايضا لا أعرف رد فعل (بدوى)واخوتك على هذا..

- دعكى منهم، قولى لهم أنني تمسكت بها، وبالنسبة لأعمال المنزل تستطيع ان تساعدك ابنتك الأخرى.

- عندك صبية ولا أعرف ما.....

- لا تقلقى، المنزل واسع كما ترين، وهي ستبيت معى في غرفتي..

ثم مالت عليها قائلة:

- ومن يدرى، ربما يأتي لها عريساً من القاهرة نواحى حينا، إبنتك بارعة الجمال وفرص القاهرة في الزواج أفضل.

- قد قام بخطبتها أحدهم بالفعل، لكنه الأحمق لم ينه فترة تجنيده بعد، وعرفنا أنه هرب من التجنيد اساسا!

فخفنا على حياتها معه.

- إذن اتركيها، وعندما تشعرين بالشوق لها، سآتي بها إليكى. اتفقنا؟

- ماذا سأقول؟ إنها إبنتك يا حبيبتي.

أيام سعيدة قضتها (وداد) عند عمتها. السيدة كانت رائعة حنون، ولم تترك شيئاً تعرفه إلا وعلمته لـ (وداد)...

أصبحت (وداد) تتقن الخياطة البسيطة برغم حداثة سنها، تعلمت أشياء كثيرة فى الطبخ، تعرفت على الحدائق وزراعتها و العناية بها عن طريق عمتها و البستاني العجوز اللطيف، تلقت دروساً فى الحروف و الكلمات العربية والإنجليزية..

و حفظت حروفاً كثيره منها، بل أنها كتبت اسمها بالعربية والانجليزية.

- فتاة ذكية جداً أنتي يا (وداد)، خسارة فعلاً أنكى لم تحظى بفرصة للتعليم، كان سيكون لكى شأناً أخر..

تعلمت (وداد) في الأيام التالية كثيرا من أمور(الاتيكيت)، طريقة تقديم الطعام وتحضير المائدة، كانت تستمع إلى المذياع يومياً، وتشاهد البرامج الأبيض والأسود على الشاشة البلورية السحرية (التلفاز) لكنها كانت تسميها البلورة)، وتحفظ كل ما تسمع وتشاهد. حتى أنها ضُبطت تتراقص مع إحدى رقصات الأفلام، لكن عمتها نهرتها وهددتها بأنها لن تشاهد التلفاز ثانية إذا فعلت ذلك. ستة أشهر، ستة أشهر من السعادة قضتها (وداد)، لكن كما نعلم جميعاً، فلا سعادة تدوم للأبد...

❊❊❊

يوم مشئوم، أو هكذا بدي ل (وداد)، وهي تختبئ خلف الستار، تتصنت إلى حديث أمها القادمة من

البلد منذ ساعتين بصحبة أخيها الأكبر، مع عمتها (سنية)...

- لا بد أن تعود، الناس أكلت لحم وجهي...

- هي مع عمتها يا (حميدة) وليست مع شخص غريب.

- نعم طبعا، ولكن يا حبيبتي كما تعرفين، الطباع مختلفة، وعندنا لا يرحمون، ثم إن هذا التفتُّح في التربية..

- تفتُّح!! تقصدين تربيتي الأولادي!؟ هل ترين في تربيتي ما يُشين!؟.

- لا سمح الله حبيبتي لم أقصد، لكن أنت لديكِ تلفاز وتخرجين كثيراً للنوادى وصبيانك ما شاء الله،

صدقيني لا بد أن تعود. ثم ذلك العريس..

- عريس؟ اعترفى إذن!، هذا ما جاء بكِ!

اهتمت (وداد) بالحديث الدائر أكثر وأكثر وقد لفت انتباهها نقطة العريس:

- ليس بغريب، هو إبن عمتى، أكبر عماتي...

- ما هي مهنته؟ وكم يبلغ سنه؟

- ليس كبيراً، يكبرها بعشر سنوات فقط أو يزيد قليلاً!

- ماذا حدث لعقلك؟! تزوجينها في هذا السن، والرجل يكبرها بعقد كامل!؟

'من يسمعك يقول أنكى تزوجتي في سن كبيرة!

- الزمن مختلف، كما إن (وداد) ذكية جدا،. وكنت أطمح في أن تنال قسطا من التعليم.
- تعليم! ومن يقدر على مصاريفه، لا تؤاخذين حبيبتي أنتى مقتدرة الآن، أما نحن فلا نستطع، عندكِ همك و أولادك، صدقيني هذا افضل لنا و لها
- دعى أمر التكاليف على
- صعب جداً، لا نستطيع تركها هنا للأبد، ولا نستطيع الذهاب والعودة كل حين وآخر لطلب المال،

صدقيني يا حبيبتى تتزوج أفضل

- إذن تظلمينها.
- لا أحد يظلم أولاده يا (سنية)، اعذريني هي إبنتى وأنا أدرى بما يناسبها.

دخلت (وداد) إلى غرفتها تفكر بما سمعته..

في الواقع هى أحبت الحياة مع عمتها جداً، لكن في أعماقها يدق قلبها كأى فتاة للحب والارتباط. ترى ما شكل هذا العريس؟ وهل هو وسيم أم لا؟ وهل تفهم أصلاً ما هو الحب رغم سنها الصغيرة؟ والأهم، هل ستعيش في بلادها أم القاهرة التي أحبتها كثيرا؟

- عريس جميل يا (وداد)، وهو وأمه أقاربي، سيحبونك مثلى تماماً، كما أنكى ستعيشين في القاهرة.. سأشتاق لكى يا ابنتى، و سأزورك باستمرار لا تخافي.

شعرت (وداد) أنهم (ما صدقوا) بالعامية، وأنهم يتخلصون منها حرفياً، لكن في سنها الصغيرة لم تدرك الفارق، غير أن أمها حكت لها أنها تزوجت في سنها أو أصغر، وكان زوجها يعود لها بعد يوم عمل شاق،فيجدها تلعب مع البنات الذين هم في مثل سنها خارج الدار! لا فارق إذن، ستتزوج وتعيش في القاهرة وفكرت أن هذا سوى يجعلها تزور عمتها (سنية) التي تعشقها مراراً..

وأخذت تحلم بما ستكون عليه حياتها مع عريسها وأمه..

أمه؟ صحيح لم تفكر بهذا، ترى كيف ستعاملها،. وهل ستحبها كإبنتها، أم تكون قاسية؟!

حتى لو كانت قاسية فسوف تحبها وتعاملها كأمها تماماً..

سوف تعيش معها كأم وإبنتها، لم لا وهى فتاة شديدة الجمال والأدب والذكاء كما يقول جميع أهل القرية، فلم تسئ أم زوجها المستقبلي معاملتها؟ مستحيل طبعاً..

هنا، نقف قليلاً، نتعرف على حياة (وداد) القادمة من خلال نظرة الأخرين لها ولحياتها. و وضعها. نعرف القصة من أولها، كيف بدأت وكيف سارت بهم، أهل (جابر) وأسرته، حتى وصلوا إلى طريق (وداد)،...... فأحياناً، بل قل غالباً، تتحكم فينا وتحكم علينا قصص وتجارب من نتعامل معهم، فلكل واحد منا قصة صنعته، شكلت ملامحه، حكمت على المتعاملين معه إما بالسعادة، أو بالشقاء إلى الأبد...

❊ ❊ ❊

القصة الأولي الخادمة..!

تحكيها (نادرة) أخت جابر

"خادمة.. لم نكن نراها إلا مجرد خادمة لأمى جاءت من وراء البهائم كما يقولون... فقط هذه الخادمة كانت شديدة الجمال، و الذكاء واللطف على نحو يثير الغيظ!"

✳✳✳

- أنا (نادرة) شقيقة (جابر) الكبرى، أعمل في مجال تزيين النساء بمحلات التصفيف.

كنت مشهورة فى مجالى بارعة فيه، ليس لحد فتح محل تصفيف خاص بى طبعاً، لكنها الشهرة الكافية لكي يكون رقمي المنزلى مع عديد الزبائن، يطلبنني لمناسباتهم المختلفة..

أنا أول البنات، يكبرنى أخ واحد لكنه توفى في صغرى، لا أتذكره كثيراً لكنى أتذكر أنه كان مشغولاً طوال الوقت... بها أننى أكبر البنات، فكان لى الحظ الوافر من التعامل مع أمي، وما أدراكم من هي..!

تقول أن ظروفها القاسية هى من جعلتها على هذا النحو من الشدة والعنف، وأنها حرصت أن تجعلنا شديدو الصلابة، بحيث لا تؤثر علينا ظروف الحياة مهما كانت صعبة مثلما فعلت بها...

حسنا، حجة جميلة، لكنها لا تفسر بقاؤنا بلا طعام لعدة أيام، إلا الفتات، وهذا لأنها تكره الطبخ ليس لقلة المال، ولا أيضاً تفسر تفضيل الصبيان علينا نحن البنات في كل شئ!

لقد هربت من هذا كله و قضيت معظم وقتى فى عملى، كان لابد أن أجهز نفسى لكى أظفر بعريس مناسب، لا حد يساعد، أو ينوى أن يساعد حتى بالكذب، إخوتى يعملون لكنهم يعلنوها صريحة: (عليكم بتجهيز نفسك

بنفسك، أنا لا أعمل كي أنفق عليكي كل ما أملك وأغنى أنا بعدها أغنية (ظلموه)!..

تسألون عن (وداد)! من (وداد) هذه.. إنها زوجة أخي..

وقد أتت لكى تخدم أمى العجوز التي هرب الجميع منها وأولهم إبنتها شخصياً!

خادمة.. لم نكن نراها إلا مجرد خادمة لأمى جاءت من وراء البهائم كما يقولون. فقط هذه الخادمة كانت شديدة الجمال، والذكاء واللطف على نحو يثير الغيظ!

جاءتنا صغيرة في السن، وكانت هذه فرصتنا لفرض سيطرتنا عليها وإخضاعها، وكأى شخص جديد على أى أسرة، توجسنا خيفة أن تحاول إستمالة أمى، أو فرض سيطرتها على منزلنا، بالمكر واللوم، وتحاول الاستحواذ على معاشها طبعاً، لم لا؟ أليست تعيش معها في بيت واحد ونحن مصائرنا الطبيعية الزواج وترك المنزل إن عاجلاً أو آجلاً؟! كنت أقول لها (انا شقيقتك الكبرى، إحكى معى في كل شئ)

والحقيقة كانت ساذجة جداً، وصدقتني البلهاء... ماذا؟! تراني مخادعة؟! لو عشت حياتي التي عشتها، لو اضطررت إلى التعامل مع سيدة مختلة وأخوة يخطفوا قلوب الأطفال الصغار، ومجتمع لا يرحم، كنت أصبحت مثلى، تحارب من أجل اللقمة، وتصارع قطط الشوارع على كسرة خبز!

لم أكن أضع سلك الكهرباء في فمها بالطبع، لكن كنت أقذفها بأقذع الألفاظ، وأتهمها بالتقصير طوال الوقت، برغم أنها، (والحق يُقال)، كانت تخدم أمي بكل تفان، لدرجة أنني رأيت مرة مشهداً عجزت عن تصديقه! كانت أمي جالسة على الأريكة الخشبية المتهالكة التى نملكها، وكانت (وداد) تقوم بكنس الأرضية، فانتهت من الردهة، ولم يتبق إلا المكان تحت الأريكة التي تجلس عليها أمي..

- يا خالتى، أستسمحك أن تنهضى لكى أنظف تحت الأريكة...
- ولما يا خرقاء! هل أنا ثقيلة، إرفعي الأريكة قليلاً وأنا عليها ونظفى تحتها يا بلهاء!

وأمام عيناى المستنكرتان، رفعت (وداد) الأريكة بصعوبة بيد، ومسحت تحتها باليد الأخري! جبارة أمى هذه!!!

❋❋❋

طبعاً ما حكيته لكم أنا الأن جزء من كل، ناهيك عن الضرب المستمر للفتاة المسكينة، والاهانات والذى منه.

الحقيقة أنها كانت مسكينة وتنفذ الأوامر بلا مناقشة وأخذت أتساءل لما تصبر على كل هذا العذاب؟!

ماذا!! أخى (جابر)! أنتم تمزحون طبعاً، (جابر) هذا أصغر إخوتى، نحن مسيطرون عليه بالكامل وكنا نجعله يخدمنا في كل شىء.. كما أن عمله كان

يأخذه طوال اليوم تقريبا، يصحو مع الفجر، ليعود أخر الليل، لا يريد أن يسمع حرفاً، حيث كانت تستقبله أمى بالشكوى من زوجته، والحق يقال، كانت هى المخطئة دائماً (أمى لا الفتاة)، ثم لا تتركه إلا حينما تسمعه يضرب (وداد) في حجرتهما ويطالبها بخدمة أمه بكفاءة وإخلاص أكثر!!

فتاة مسكينة فعلا، لكن هذا لا يمنع أن نشد على أيديها حتى لا تتكبر علينا..

أهل وداد! بالتأكيد تمزحون فعلاً هذه المرة! هؤلاء القوم كما لو أنهم (ما صدقوا)! تركوها لم يسألوا عنها بعد ذلك، حتى حينما حاولت أن تشتكى لهم ما تفعله معها أمى، وتقصير زوجها في حمايتها، كانوا كالأصنام، ويقولون لها جملتهم الشهيرة:

(زواجنا كزواج الأقباط، بلاطلاق)!

كنت أتعجب من هؤلاء القوم، لكن من الواضح أنهم يشغلهم تربية بقية أولادهم الصغار عن (وداد)، كما أن هناك من يعتقد أنه يزوج البنات لكى لا يحمل همهم، فلا استعداد لتقبل شكواها أو الإنصات لها حتى! (استرحنا منها) على حد تعبيرهم!

بعد عمل فترة طويلة، وُفقت إلى الزواج من رجل جيد، إلا أنه أصر على استمرارى في عملى، ويجعلى أنفق على البيت معه، كما أن له أفكار عجيبة! أشار على يوماً أن أقضى كل فترة مدارس الأولاد عند أمي!

(اسمعيني جيداً، نفتعل مشاجرة، ثم تغضبين وتذهبين أنتِ وأولادك إلىٰ بيت أمك، تستفيدين من قرب بيتهم إلىٰ مدارس أولادنا، وتأكلين معها وتنتفعيٰ بمعاش والدك الضخم، هؤلاء الأوغاد يستفيدون وحدهم بكل هذا المال بحكم إقامتهم معها، حان الوقت لكي نستفد نحن أيضًا، يكفيٰ أن تركناهم ينعمون وحدهم بأموال هذه المرأة كل هذه السنوات).

كنت فعلاً أذهب إليهم باكية، وأقضي معهم شهور الدراسة كلها، وكانت (وداد) تخدمني انا وأمي وأولادي!! أنا أعمل معظم الوقت فليس لدى وقت للعناية بأطفال، و ما أثار غيظي أكثر أن (وداد) كانت تعتني بنا جميعاً فعلا! و أكثر مني!! وبلا شكوى واحدة! تصحو مع الفجر وتذهب إلى السوق تبتاع طعام الافطار، ثم تأتى مسرعة لأن أمي تستيقظ مبكرا، والويل لها إذا لم ترى طعام الإفطار جاهزا، ثم تعد لها ولنا الإفطار، وتوقظ أولادي للمدرسة، وتدخلهم المرحاض، وتفطرهم وتلبسهم، ولا تنس زوجها أيضاً، فهى توقظه و تفطره وتهتم به حتى يترك المنزل متجهاً إلى عمله، ومن فرط غيظى، كنت أحياناً أكلفها بعمل لى أيضاً "!

وبعد أن تنتهى من كل هذا، أخيراً في النهاية تحاول الجلوس لكى تستريح قليلاً بعد أن نترك المنزل إلى أعمالنا والأولاد إلى مدارسهم، كانت أمى الجبارة تصرخ بها: ماذا ستفعلين، هل ستجلس يا هانم، ومن سينظف البيت، ويغسل الملابس ويعد العدة لطعام الغذاء للقادمين بعد الظهر؟! أنا!

فكانت (وداد) المسكينة تقوم لكى تواصل العمل، ولا تجد حتى فرصة للراحة قليلا..

وإذا ما تجرأت (وداد) وقالت يوماً:

- سأستريح يا (خالتى) قليلاً ثم أعود لأكمل!

تتفاجأ بأمى تهجم عليها، وتقوم بخدش وجه (وداد) الجميل بأظافرها الطويلة وتصرخ فيها قائلة:

- هل ترفضين أوامرى يا إبنة الكلاب!

كنا لا نرىٰ هذا المشهد بالطبع، لكن كنا نرىٰ آثاره علىٰ وجه (وداد) بعدها، وكانت المسكينة تضع حجابها طويلاً لتغطىٰ آثار الخدوش علىٰ وجهها، وتحكىٰ الموقف لزوجها حينما يأتىٰ ليلاً، فيربت عليها ويطالبها بالصبر..

المضحك في الأمر (أو قل المبكي)، أنه يعلم جيداً أنه لم يحتمل أحد أمه من قبل حتى إبنتها، ويعلم أنه من قبل تركت زوجة أخيه المنزل ذات ليلة بقميص النوم هاربة من أمى و أفعالها!

سلبي جداً أخى (جابر) هذا، لا يستطيع أن يتصرف بقوة مع أمه، ولا مع زوجته، وكان هذا يحبط زوجته جداً، لكنها (وهذا غريب)! كانت تصبر بالفعل..

أما عني أنا، فحياتى أصبحت أفضل، واستطعت شراء شقة في منطقة قريبة من منزلنا، وزوجى تقدم في مهنته أكثر، برغم ذلك ظل طمعه فى أمى ومعاشها كما هو، وإن اكتفى بزيارات أسبوعية يوم الاجازة مع كل العائلة يجتمعون في منزل أمى لتناول طعام الغذاء وأحياناً العشاء، وكان كالعادة (وداد)

تعد الطعام لنا جميعاً وتخدمنا جميعاً!!

أكثر ما كان يثير غيظي هو نظرة زوجى الوغد ل (وداد)!

كان يراها جميلة، وأحياناً يلقى لها بعض عبارات غزل. كان يثير جنونى، ويجعلى أقسو عليها أكثر مع أمى، ومن يدرى، ربما كانت هى من تظهر الود زيادة أو تلقيه بالنظارات أو العبارات، لم لا؟ فهي لطيفة فعلاً في معاملتها مع الجميع، وربما أعطته زيادة..

ويل لها منى، لن أتركها تعبت معى ولا مع زوجى، فأنا أيضاً لست قبيحة، لكنى أعرف اللؤم حين أراه، وهذه الفتاة ومن حيث جاءت، مليئة بالمكر والدهاء..حلال فيها ما تصنعه أمى معها، أحياناً الشدة تضع الفئران في جحورها...

❊ ❊ ❊

القصة الثانية عذاب إمرأة..!

تحكيها أم جابر

"الويلات! ماذا تعرفون عن الويلات؟! لقد رأيت حياة قاسية شديدة المرارة حتى يُعتبر ما صنعته لكم ترفاً وسعادة بالنسبة لما عشته أنا!

ليست مهمة الحياة تدليلنا، وبالتالي لا تعتبرني أماً حنونا تصنع الخبز صباحاً وتحضن أطفالها ليلاً!! إن الليالي السوداء بإنتظارنا جميعاً!!!"

***

أنا أم (جابر).. لا أعرف لِما أصر الجميع على تسميتى بإسم أصغر أبنائي ولم يسمونني بإسم أكبر أبنائي، لكن منذ أن وطئت قدماي هذه المنطقة، يسمونني بأم (جابر)..

أنا من المُهجرين، الذين تم ترحيلهم من السويس إبان الحرب وحاولوا توفير مأوى لنا، بعيداً عن الحرب وويلاتها.. الحرب! الحرب في كل مكان/ حرب لتعيش وحرب لتأكل وحرب لتحيا!! أنا في حرب منذ الصغر.. ويلات بعضها فوق بعض! وكله من أجل أبنائى الجاحدين هؤلاء. الويلات.. ماذا تعرفون عن الويلات؟ لقد رأيت حياة قاسية شديدة المرارة حتى يعتبر ما صنعته لكم ترفا وسعادة بالنسبة لِما عشته أنا ليست مهمة الحياة تدليلنا، وبالتالي لا تعتبرونني أما حنونا تصنع الخبز صباحاً وتحضن أطفالها ليلا!! إن الليالي السوداء بإنتظارنا جميعاً!!!!

من عاشت ما عشته أقسم لكم كانت ستصبح على أقل تقدير، مجذوبة تدور في الأزقة ليلاً، أو تخنق الأطفال الصغار على سبيل التسلية..

حينما وصلت إلى القاهرة، بالتحديد في هذه الحارة البائسة، كان على أن أبدأ كل شيء أنا وزوجى من الصفر.. البحث عن عمل، تسكين الأولاد فى هذه الغرف الضيقة، وضع العفش البسيط الذي جئنا به، مع بعض البطاطين والأغطية التي تبرع بها بعض ساكنى المنطقة من حولنا...

طوال عمرى سيدة بسيطة، لا تجيد إلا أعمال المنزل.. تربية الأبناء والطبخ والكنس والمسح..

الاهتمام بزوجى؟! حسناً هذا الرجل لم يكن يحبني، عرفت أنه كان على علاقة بفتاة قبلي ويهيم بها حبا،، كانت تسكن في المنزل المقابل له مباشرة، وكانت تبادله نفس الشعور، إلا أن أمه (حماتي)، لم تكن تريدها، كانت تراها ذو تجارب سيئة وحكايات تمس السُمعة على حد قولها، وكم حاول أن يفهمها أن علاقاتها السابقة لا تعنيه، وأنه يعرفها منذ الصغر، وأن الحكايات المنسوجة حولها عارية من الصحة، ينسجها حولها صاحب المقهى الذى يقطن أسفل منهم، طمعاً في الزواج منها، وأنه لولا تابعيه كان فتك به منذ زمن، فكانت تقول له جملتها المشهورة:

- (الفتاة مثل الفستان الأبيض، تكفى بقعة واحدة كي تلوثه، ومهما تم غسله، يظل باهتاً!)..

استسلم لها فى النهاية، و إختارتنى له فيما بعد لسبب وجيه:

(فتاة لا تعرف شكل الطريق، ولم تنزل من بيتها ولا مرة، من بيت ابيها الي بيت زوجها ثم الي القبر كما يقولون)!

تقولها بكل فخر كأنه شرف!

قال لها مستنكرا:

- وهل هذا دليل على الأخلاق ا ثم أن ها شقيقا مات في المستشفى منذ صغره بسبب الكحوليات، وفقد

عقله بسبب ما كان يحتسيه!!

- اخاها لا يعيبها! ثم أنه مات وهي صغيرة، فلم تراه في فساده وأخلاقه السيئة حتما..

. هذا صحيح، في الواقع لقد كنت يتيمة الأب والأم.

انا وأخي، قام برعايتنا عمى بعد وفاة ابي و امي، وحتى تزوجت..

أتذكر أخي جيداً، ولا أنسى الليالى التي كان يعود فيها متأخراً يترنح بعد سهرة مع أصحاب السوء، وكيف كان عمى يضربه ويطرده ليكمل باقى الليلة بالخارج، وأجلس أنا في النافذة حتى الصباح أتأمله وقد نام من السكر على الرصيف المقابل وأبكى.. ولا أنس يوم أن رأيت الناس يحملونه الي داخل البيت مغشياً عليه، فاقد الوعى تماماً، ورفض عمى أن يدخله إلى الدار (تخيلوا)! حتى أرسله الجيران إلى المستشفى.

ليموت بعدها بانفجار الزائدة الدودية..

بكيت كثيراً، ثم نسينا الأحزان بعد سنة، وأصبحت عبئا ثقيلا علي عمي، وحجر عُثرة في طريق زواج بناته، حيث كنت أكبر منهن، وجرت العادة علي أن أتزوج قبلهن، لم أكن شديدة الجمال ولكنى كنت أملك شعرا فاحماً طويلاً

قد يصل إلى الأرض إذا لم أهتم به و أعقصه خلف ظهري، سمراء هيفاء كما يقولون.

حينما طلبتني حماتي لإبنها، طار عمى فرحاً، وكاد أن يقذفني من النافذة خلف عريسى، لولا حياء من الناس!! أنا أيضاً كنت سعيدة، لم لا وقد إسترحت من خدمة عمى و زوجته!

كانوا يعاملونني كخادمة.. كان زوجي قائد سيارات النقل الثقيل، ربما سافر في نقلة يغيب فيها بالأسابيع والأيام، وعندما يعود، يجدني حاملاً! نعم، لقد كنت أحمل كثيراً، صحيح لم يعش من المواليد إلا خمسة فقط، والباقي توفي من الاهمال، أولم يكن يكتمل الحمل أصلاً، فكان زوجي يقضى الأيام معى إما إنى حاملاً، أو فترة الرضاعة، أو متعبة من الإجهاض القسرى... لم يكن لى حبا حقيقيا قط، أعلم هذا، وكان يعاملني بقسوة، ويضربني كثيراً، فكنت أهمله عندما يأتي، يخرج لأمه ليقوم بتطليقى، أو هكذا يتمنى، فكانت تصرخ فيه:

- حرام يابني، زوجتك حامل) أو ترضع)، أو (في نفاسها)!

فكان يؤجل الأمر حتى يسافر فى عمل، ثم يعود عازماً على الطلاق!

فقط ليجدني حاملا مرة اخري! وهكذا وهكذا.....

وكما حدث مع أخى، جاؤوا يحملون لى خبر وفاته يوماً! حادثة بشعة على الطريق أودت بحياته حرقاً، وتركنى بخمسة أولاد.. كما أن أمه توفت

حسرة عليه بعد شهر واحد، وكان وحيدها، فلم أجد من يعتنيٰ بي ولا بأولادي...

هل رأيتم! هل رأيتم مأساة مثل هذه من قبل! لم أجد حياة هانئة مستقرة منذ ولدت، فكيف أعيش في راحة بال!! حاولت أن أعمل، لكني فاشلة فعلاً، لا أجيد إلا أعمال المنزل، ووجدنا مرارة العيش بعده خاصة أنه لم يترك شيئاً، إلا مبلغ بسيط تحويشة عمره، مع بعض مصاغ والدته، انتفعنا بهم بعض الوقت، لكن المال ينفذ، ولم يكن بعدها أمامي الاحل واحد...

- (حسان)، أبوك تركنا، ونحن بحاجة إلى المال، لا بد أن تترك مدرستك الحكومية وتعمل لكى نأكل ونعيش.

لم يكذب (حسان) خبراً، وبدأ عمله في إصلاح السيارات المتهالكة، في ورشة قريبة من منزلنا، وبدأت يوميته تنعشنا قليلاً، صحيح أن المال بالكاد كان يكفينا، وأننا كنا نتصارع علىٰ طبق الفول أو الجبن، وأنه كان أحيانًا إفطاراً وغذاءا و عشاءا، الا أن الحال كان ميسورا، واستطعت تزويج إبنتي الكبرىٰ (خديجة). من عامل خراطة، في بيت متواضع مع أمه، لكن الرجل تحمل كل تكاليف الزواج، لأننا لم نكن نملك شيئًا حرفيًا. إلا أن الأمر بدأ بالتحسن مع (حسان) وأصبح معروفًا بعمله و مهاراته، فبدأ ينفق علىٰ إخوته الباقين (نادرة) و (عباس) و (جابر). عملت (نادرة) كمصففة

شعر، و (عباس) التحق بالعمل كمندوب شرطة، وكانت وظيفة لها إحترام كبير..

أما (جابر) ابني الأصغر، عمل أولا مع أخيه (حسان)، لكنه لم يستطع أن يكون مثل أخيه، فقد كان ولدا كسولاً، وكان يريد أن يكمل دراسته في مدرسة حكومية، بالمجان طبعا، لكن أخوه (حسان) صاح فيه:

- ألا يكفى ما أنفقته عليكم من كدى وتعبى! لقد تعبت ولا استطيع أن أتحمل نفقات تعليم اخري، يكفي انني فعلت ما استطعت مع (نادرة)، و(عباس)، إما أن تساعدني بالعمل، وإما طردتك من المنزل!

بعد فترة بدأ (جابر) في مهنة فني كهرباء، وقد برع فيها و شق طريقه، حتى أصبح يطلبونه بالاسم في أماكن كبيرة، وأناس شديدو الغنى..

أليس كل هذا في صالحى! يلومونني الأن على عصبيتى معهم، برغم أنى رأيت في حياتي ما لا يطيقون..

جيد انني احتفظت بعقلي بعد كل هذه المعاناة، وإن لم يكن هذا رأى البعض!!!

ثم جاءت (وداد)!

***

قال (عباس) لى ذات مرة:

- أماه أنتى لا تُعاشرى! الحياة معكى معاناة شديدة! تذكرين زوجة أخى (حسان)، وقد طارت هاربة في الشارع بملابس النوم، من تصرفاتك معها..

- تلك الحمقاء المستهترة! كل هذا لأني أوقظها في السادسة صباحاً لتباشر أعمال منزلها وأولادها. ثم أننى كبرت وأحتاج الي من تعتنى بي، فكانت تعذبني

- تعذبك! لا أعتقد، أرئ أنكئ قادرة علىٰ تعذيب عشر نسوة مثلها!

كفى مزاحاً يا أخرق، و ابحث لي حل، إخوتك المتزوجات لم أر أشكالهن العفنة منذ زواجهن، وأنتم مشغولون في أعمالكم، فما الحل إذن؟!

- ابتسم (عباس) في مكر وقال:

- _ لم لا تبحثين عن زوجة لأخى (جابر)؟ وتكون فى رعايتك: نطلب منها الإقامة معكى، خاصة وأنني لا أعتقد أن (جابر) يستطيع تدبير منزل في الوقت الحالي.

- فكرة جيدة، تكلم معه، وإن وافق على الزواج، عندى زوجة تصلح!

الاختيار بالنسبة لى كان ممتازاً، فهى قريبتي، غير متعلمة مثلى، جاءت من وراء البهائم، فتكون طوع يدى..

سنها صغير، أشكلها كما أريد. تم الأمر سريعاً، ووافق أهلها على الفور، وحئت بها من قريتها لمنزلى العامر!

تعذيب! أى تعذيب! هل تسمون معاملتي لها تعذيباً؟؟ كان بمقدوركم أن تعودوا بالزمن لتروا كيف كانوا يعاملونني ببيت عمى، يكفى أنها تخدم إمرأة واحدة فقط بعكسي أنا، فقد كنت اخدم عائلة بأكملها، كما أن اللعينة كانت جميلة، وأنا طوال عمري أخاف الجميلات يكفى أن تغض الطرف عنها قليلاً لكى تراها تجلب الوبال والعار على الروؤس من يدرى؟

لا بد من كسرها، لا بد أن تطيعنى وحدى فى كل شئ.

صدقوني أعاملها كإبنتي تماماً، لكن إبنتي نفسها ترانى وحشاً، فكيف بالغريب!!

***

القصة الثالثة التائه..!

يحكيها (جابر)

أم قاسية، زوجة مطحونة، عمل شاق
طوال اليوم، إخوة أشداء، أطفلا تطلب
أموالاً بإستمرار، اللعنة على وعلى حالى،
أين لفافة التبغ اللعينة!!"

***

أنا (جابر)، أصغر الأبناء وما أدراكم ما يحدث مع أصغر الأبناء..

لم أر والدي، كان أخي الكبير هو والدي، كان قاسياً، لكن من داخلي كنت أشفق عليه للمسئولية الكبيرة الملقاة على عاتقه.

حتى حينما أمرني أن أترك دراستي، أطعته على الفور واتجهت للعمل ثم حينما أمرتني أمي أن أتزوج وأتى بواحدة لترعاها، أطعتها أيضاً على الفور، وتزوجت قريبتها، (وداد)..

لم احب عملي كثيراً، لكن في الواقع كنت أقضى فيه كل اليوم تقريباً، وطبعاً تعرفون الآن لماذا!!

ام قاسية، زوجة مطحونة، عمل شاق طوال اليوم إخوة أشداء، أطفالاً تطلب أموالاً باستمرار! اللعنة على وعلى حالى، أين لفافة البيغ اللعينة!! لا أستطيع أن أتكلم بدونها!!

كنت أعود لأسقط بين المطرقة و السندان..

أمي بكلماتها القاسية وتصرفاتها المجنونة، و زوجتي التي تتلقى الضربات يومياً، دون أن أملك أن أفعل لها شيئًا. إذا حاولت الدفاع عنها بأي صورة، نعتتني أمي بأقذع الألفاظ، ليس الاتهام بعدم الرجولة بأقبحها، ناهيك عن إخوتي الذين كانوا يمسحون بي الأرض حرفيًا إذا جرؤت وتكلمت..

كنت أدخل الشقة، فتبادر أمى بالشكوى، في البداية كنت أتحمس لها وأضرب (وداد) ضرباً مبرحاً، ثم حينها أدركت الظلم الذى يقع عليها، بت أدخل معها إلى غرفتنا وأطالبها بالصراخ وكأني أضربها، لكى تقر امى عيناً وتتركنا في حالنا..

ضعيف!!! ربها، هذا رأيكم، أما أنا فأعتبر هذا إحتراما لأخوتى وأمى، طاعة لهم، لا أستطيع أن أفعل غير ذلك غبت أكثر الوقت هرباً من واقع المنزل..

وسط أبخرة السجائر والوهم. لفافات التبغ التي لا تنتهى، وسط أبناء مهنتى.. وهذا جعلنى بارعا في مهنتى مطلوباً فيها إلى أقصى حد.

لكن للأسف المال كان يضيع بطلبات أمى التي لا تنتهى. كانت تصر أن أعطيها كل مكسبى اليومى ولا يتبق معي إلا القليل. وكانت تصر على دعوة جميع أبنائها يوم الإجازة (الجمعة) للغذاء والبقاء اليوم كله، وطبعاً يقع على عاتقى الصرف على هذه الوليمة وتقع على عاتق زوجتى (وداد) خدمة كل هولاء والتنظيف والطبخ.. كم أهملت (وداد) في حقى وحق أبنائها كي تخدم أمى، كم انخرطت في العمل و أهملت عاداتها وأبناءها كي تقر بها أمى عيناً، وليتها فعلت!

لا أعلم لماذا كانت تعاملها هذه المعاملة الرهبية، وكنت أحتار، هل تحبها أم تكرهها؟!!!

يوما ما، إستيقظت فجرا لصداع في رأسي إنتابني، فقط لأجد أمي تفعل شيئا رهيباً! كانت تبصق على وجه و شعر (وداد) وهي نائمة لا تشعر!!
صرخت فيها رغماً عني (ماذا تفعلين؟! أنتي مجرمة)!
كلما اشترت (وداد) شيئاً من بعض الأموال التي كانت تأخذها من عمتها حينما تزورها في منزلها، كقطعة ذهبية مثلاً خاتم صغير أو قرط، قامت بخلعها ومنها فورا قائلة:

- ماذا ستفعلين بالذهب ونحن جائعون!

لم تترك لها شيئاً لتلبسه في يدها أو أذنها، حتى بعض الذهب البسيط الذى أعطيته لها كشبكة الزواج أخذته.

كل هذا وأنا عاجز، لا أستطيع التكلم، إحتراماً لأمي واخوتى فقط بالطبع، ماذا تظنون!

أكثر ما كان يؤلمني، هم أولادي الصغار، (رضا) و(نسمة)..

لم تكن (وداد) تستطيع أن تفى بخدمة أمى، و خدمة أولادنا الصغار معا كما يجب، بل قصرت مع الأولاد بشدة، إبني (رضا) كان يسقط كثيراً. وهو طفل، تتركه أمه يسقط ويبكى ولا تستطيع حتى حمله والا ضربتها أمى أو شتمتها وتتهمها بالتقصير في حقها. كذلك الحال مع ابنتى التي أحببتها كثيراً من كل قلبي، خاصة وقد جاءت شديدة الجمال، رقيقة الملامح، لطيفة المعشر، مثل أخيها بالضبط..

إخوتى كذلك ظلموا أولادى كثيراً، وأخذوا العاب أولادي مرارا ليعطوها لأولادهم، بل أحياناً كانوا يأخذون ملابس اولادي لأبنائهم هم!!

كل هذا و لا استطع الاعتراض، لماذا!!؟

طبعا حبا و إحتراما لاخوتي الكبار الذين قاموا بتربيتي!

أخى (حسان) توفى منذ ولادة ابني، مرض نادر في الدم، ليس لديه أولاد لحسن الحظ، وإلا تيتموا مبكراً، لكن البركة في (عباس) و (نادرة) و (نعيمة)، يكفوا تماماً لكي ينغصوا حياة أي كائن حي! لا أعلم لما يعاملوننى بهذه الطريقة، رغم أنني أحبهم وأحترمهم.

وأفعل كل ما يأمرونني به...

(نعيمة) الأقرب إلى قلبى من (عباس) و (نادرة)..

(عباس) عمله أضفى عليه لمحة من الخبث والشر لا تخطأها العين،

و (نادرة) كذلك وصولية إلى أقصى حد..

الهرب هو الحل الوحيد، التوهان بين العمل ومزيد من العمل، تاركاً (وداد) لمصيرها مع أمى، لا أدرى متى ستنهار المسكينة.

***

القصة الرابعة إنتباه..!

يحكيها (عباس) أخو جابر

"خلال عملي كرجل أمن، لم أجد مشكلة وإلا فيها إمرأة، زوجة خائنة، فتاة لعوب، صراع على فتاة جميلة، ورث يقود العائلة الواحدة للتناحر إبحث عن المرأة دائماً كما يقول هذا الأحمق (نابليون)..

حسناً، كان لابد لهذه المرأة أن تموت!"

***

أنا (عباس)، أعتقد أنكم تعرفونني الآن جيدا، رجل أمن من طراز فريد، عرفت من أين تؤكل الكتف، التملق والتزلف لهو طريق النجاح!

الروؤساء في العمل، و الكبار يحبون من هم على شاكلتي، أقوم بخدمتهم ورعاية مصالحهم، ولا مانع في تأديب من يريدون، فأنا الذراع الباطشة لفلان بيه وعلان باشا... انخرطت في عملي للنخاع، أحببت كل جزء فيه، تفانيت في خدمة الروؤساء، وفرض السيطرة على المساكين، إما بالقوة وسطوة وظيفتي، أو ببعض الخدمات التي أؤديها لهم بمقابل مادي بالطبع، لا شيء مجاني..

في مجالي هذا، لا بد كما تُرضى القادة، أن تُرضي قادة العالم السفلي، لا تريد أن تتلقى طعنة غادرة ما، أو سيارة مسرعة مثلا تلقيك علي جانب الطريق!

قليل من المصالح لن يضر، تأمن غدر الأعداء قبل الأصدقاء والروؤساء، علاقات علاقات، الدنيا علاقات يا صديقي، والواهم هو من يعتقد أن بالعدل وحده يستقيم العيش.

الجميع كان يعاني، بما فيهم أمي، الواقع أنتي لم أر إمرأة بهذه القسوة والجحود برغم أنني رأيت الكثير.

خلال عملي كرجل أمن، لم أجد مشكلة إلا وفيها إمرأة، زوجة خائنة فتاة لعوب صراع على فتاة جميلة، أو ورث بنات يقود أفراد العائلة الواحد إلى التناحر، إبحث عن المرأة دائماً كما يقول هذا الأحمق (نابليون).

حسناً، كان لا بد لهذه المرأة أن تموت!

لكنها لم تمت، قد عاشت إلى سن الـ ٩٧ | تخيلوا!

لكننا كانت تؤذى (شكراً للرب)، سيده واحده فقط..

(وداد) زوجة أخي...

هذه اللعينة كانت شديدة الجمال رقيقة الملامح والطبع.

إلا أنها تحولت إلى خادمة لأمي، لم تعش لنفسها ولا لزوجها ولا لأولادها، بل عاشت لأمي حياة إلزامية فقط،

أحياناً أشعر بالذنب لأنني من أشرت على أمي لتزويج أخينا (جابر) لواحدة تخدمها لم أكن أتصور أن تكون بهذه القسوة، ولم أكن أتخيل أن هذه المسكينة تتحمل كل هذه المعاناة. ضرب، وإهانة وتجريح، وتجريد من كل ذهب ترتديه أو مال تملكه..

حسناً، من جهتي، حرصت على أن آخذ منها قدر ما أستطيع.. كنت آخذ ما تصادره من هذه المسكينة، ثم أنفقه على نفسي طبعاً!

ماذا تظنون! أعيد المال إلى (وداد) مثلاً!!

دائماً كنت أشكو لأمى الفقر والحاجة، وأحكى دائماً عن شرفى وعزتي وبياض يداى فى مدينتى، وكم رفضت من رشاوى، وكم وقفت إلى جانب الحق،

وكيف أن هذا السلوك كان يجعلى فقيرا وسط بقية زملائى الأوغاد السارقين، والحق أننى كنت أنال شفقتها وأموالها بهذا التعاطف الزائف!!

على كل حال أفضل من أن يتمتع بها غيرى، وقد كان إخوتى يحومون حولها أيضاً محاولين الإستفادة من معاشها، فلم لا أستفد أنا أيضا؟!!

ثم أن أمي كانت معمرة! و بصحة جيدة جداً رغم سنها، أكثر شيء اشتكت منه كان بعض نزلات البرد! ربما بعض الخشونة في العظام كذلك!!

ذات يوم. أقنعتها أن تترك بيتها وتقيم عندى بعض الوقت. فرفضت كالعادة، ولم ترض إلا عندما أقنعتها أن ورق المعاش لن يكتمل إلا ببعض الزيارات للمصلحة الحكومية، وأن لدى من ينجز لنا كل شيء في يوم واحد، لكنه بحاجة إلى أن يأخذ توقيعها شخصياً على بعض الأوراق.

قضت عندى شهراً، كنت أوصى زوجتى بالاهتمام بها طبعاً، إلا أن زوجتي اشتكت من عصبيتها ولسانها، فقلت لها يوماً:

- ماذا تقولين يا إمرأة! انها أمي حبيبتي!...

معى دواء ممتاز مهدئ للأعصاب، سيجعلها تنام معظم الوقت لا تخشى شيئا!!

بدأت ألاحظ أن صحتها لم تعد على ما يرام بعد هذا الدواء..برغم أن طبيباً قد أوصاني به، فوجئنا أنها توفت بعدها بأيام!!

هل تعتقدون أن الدواء هو السبب، لا أعتقد هذا، ثم أن عمر السابعة والتسعون يكفي على ما أعتقد!! لم تُخطف علي أية حال!!!

الناس جميعا يموتون يوما، أليس كذلك!!

❋ ❋ ❋

القصة الخامسة إبنتي..!

تحكيها (وداد)

" من تريدون!! بل بماذا تحلمون!! إبنتى أنا!! نجوم السماء أقرب لكم أيها الأوغاد! ...

***

قالت أم (سعد) لإبنها:

- صباح الخير يا أحمق! ما الذي أيقظك مبكراً هكذا؟! كل يوم تسهر حتى الفجر مع أصدقاءك التعساء، فكيف تستطيع ان تستيقظ مبكراً بكل هذا النشاط!؟!

- أما تدرين يا أماه، هذا موعد خروج (نسمة)!...

***

- هيا يا ولد: لا وقت لدينا، إشعل النار وقم بعمل العجين، الموظفون والتلاميذ ينتظرون ما نعد من شطائر للإفطار،،، ماذا تفعل عندك؟

- انتظرى قليلاً، أماه، ف (بسمة) ستمر حلاً لأخذ شطائرها، وأحب أن أعطيها إياها بنفسي

***

لا تشرق الشمس إلا عندما تظهر (نسمة) من أخرِ الزقاق. حينها فقط تلقى أشعتها على وجهى مُعلنة ظهور الصبح، وأقوم كالعنقاء من الرماد أعيش يومى و أسترد قوتى...). شعر ردئ لـ (وضاح) سمكرى المنطقة ...

***

من أين أتت بكل هذا الجمال؟ أشعر أن أبواها قاما بإختطافها من أجانب وهى صغيرة، لا يمكن أن تكون هذه الملامح مصرية طبيعية مثلنا!!

كانت المنطقة كلها تتأهب لهذه اللحظة كل يوم، استيقاظ (نسمة)..

لكل مكان طبيعة و روح خاصة به، حسناً تستطيع القول أن (نسمة) كانت روح هذه المنطقة..

تراها تخرج من بيتها، أخر الزقاق، تجر وراءها شعرها الأشقر الناعم الطويل، وتطل على الدنيا بعيون خضراء واسعة وأهداب طويلة، ملامح رقيقة صغيرة تشف عن فتاة حالمة ناعمة، وجه ملائكى يحمل كل طيبة الدنيا، بياض كالأميرة (بياض الثلج) مشوب بالحمرة، وكأنها تخرج من كتاب الأساطير القديمة الملونة، تلقى بالسلام والتحية على كل من بالزقاق...

كانت العيون تتأملها من لحظة خروجها وحتى اختفائها، مجرد مرآها كان يلقى السعادة في قلوب الجميع، صوتها الناعم الحساس يأسر أرواح كل من يسمعه،،، يطرب آذان كل منصت.

كانت مشهورة في منطقتها، فى مدرستها، فى أماكن عملها بعد ذلك. هذا الجمال غير طبيعي، وأدرك الجميع أنها ستتزوج مبكراً لا محالة، فمن يترك هذا الملاك يطير من بين يديه، إلا مجذوب طبعا!

***

- إسمع يا (جابر) إبنتي لن تتزوج هكذا بكل بساطة.. لا بد أن يأتى من يستحقها، لن ألقها لأى وغد يظلمها أو أم تعذبها مثلما حدث معى..

- هي ابنتك يا (وداد)، افعلي ما ترينه مناسباً، أنا أيضاً أخاف عليها وأحبها جداً كما تعلمين، ولا أريد لها.إلا زوجاً يصونها.

الواقع أنه كان يحب إبنته كثيراً، ولا يتمنى إلا أن يراها سعيدة في بيت زوجها كأي أب..

لكن في نفس الوقت كان يحمل عقدة ذنب ناحية (وداد) وما لاقته مع أمه من عذاب، لقد احتملتها (وداد) طوال حياتها، وتحملت الضرب والإهانة والتصرفات الغير طبيعية، كل هذا لأنها تحب أولادها وتريد أن تصل بهم إلي بر الأمان كما تقول، فلم يحمل أدنى شك أن زوجته الباسلة ذكية بما يكفى لتحقيق حلمه البسيط في حياة سعيدة لإبنته في بيتها مع زوجها المستقبلى..

لكنه كالعادة، كان مخطئاً..

الأول

مخابيل! مجموعة من المخابيل!!!. يظنون أنهم سيأخذون ابنتي بلا ثمن باهظ، إبنتى هى أجمل فتاة فى المنطقة، دعك من الجمال الظاهر، الأهم هو الداخل، ابنتي كانت جميلة من الداخل والخارج، قطعة ذهبية لا تتكرر، مع بريقها الخارجى، تملك طيبة غربية وملائكية تثير غيظي أنا شخصيا! تعامل الجميع في رقة وعذوبة، لا تعرف الشده أو الكذب حينما تراهما، ماذا ستفعلين يا حمقاء إذا ما وقعت الفأس في الرأس كما يقولون، وجاءك وغد لعين ليكون زوجاً لكى؟! كيف ستتعاملين، بالطيبة؟ بالحب؟ كم تثير غضبي حينما ترد

ردها الشهير: الحب يا أماه يغير كل شيء، أي إنسان ليس مسئولاً عن ماضيه ولا ما تعرض له من معاملة سيئة أو إحباطات، أي إنسان قادر علي تغيير نفسه للأفضل.

فقط لو وجد الحب الحقيقى، والإنسانة التي تحتضنه حقا، سيعود إلى فطرته الطبيعية، ويولد من جديد..

من يومها وأنا أنظر لها نظرة الحمقاء!

أي حب يا فتاة؟!

ألم ترينى أنا!! أجمل فتيات قريتي، ماذا جنيت من جمالي هذا إلا البؤس والشقاء مع والدك عشرات السنون؟!

ألم أُعامل كخادمة، تتلقى الصفعات ليلاً نهاراً؟

ألم تريني وأنا وجهى يشرق دماً من جروح أظافر جدتك عليه؟!

الم تريها وهى تنزع عنى ذهبى وحلى قطعة قطعة؟! لا يا ساذجة، الجمال وحده لا يصنع الفارق.. الحب في حد ذاته لا يقود إلى بر الأمان.. المال المال وحده هو الأمان، مستقبل ممتاز هو ما أعده لكي يا صغيرتي ملئ بالتعويضات المادية، شئتى أم أبيتي!

جاء العريس الأول سريعاً! لم لا، كل المنطقة كانت تنتظر أن تنتهي (نسمة) من دراستها كى يتقدمون لخطبتها.. يرونها صيدا سهلاً. يعتقدون أننى أفرط فيها بهذه السهولة! من تريدون! بل بهاذا تحلمون!! إبنتي أنا!!

نجوم السماء أقرب لكم أيها الأوغاد!.. إلا إذا قام بملاً وزنها ذهباً، ربما حين إذن أعيد التفكير..

جئت بمفكرتي الصغيرة، وحمدت ربى أنتي تعلمت القراءة والكتابة. على يد عمتي، والتي توفت منذ سنوات، وقد كانت الحضن الوحيد لى، ومن كنت أبكى عندها واشتكى ألامى...

كم نصحتنى أن أصبر، كم حاولت جعلى أشتكى لأمى في البلد، لكن أمى للأسف باعتني.. أصرت في كل مرة أتيها غاضبة، أن أعود إلى زوجى وأمه واخوته..

المهم أن فى هذه المفكرة كتبت خطتى، وضعت رغباتي فيمن يتقدم لابنتى، بعض الأمور المعنوية، وكثير من الأمور المادية، بعد كتابتها نظرت إلى ما كتبت، ثم ضحكت كالمجانين، لا أحد يستطيع أن يلبي كل هذه الطلبات، لا أحد، إلا من كان شديد الغنى، وهذا نادر جداً في منطقتنا..

حسناً ليس هناك من هو جدير حقاً بإبنتي، ومن يجد في نفسه الجدارة، فليتقدم، و ليثبت نفسه، ونرى إن كان يتحمل ما أصنعه به أم لا.. لا أمل في أبيها أو أخيها، أو حتى فيها هى أن تطلب أى شيء، الحمقى لا يهتمون إلا بالزواج فقط، بالحب.. بالأشياء التي لاتباع ولا تشترى..

ماذا ترى في نفسها! جميلة!!!! أنا كنت في جمالها.. رقيقة حالمة!! أنا كانوا يسمونني (الموناليزا).. ذكية! حسناً أنا تعلمت وحدى دون مدرسة ولا معلم

وماذا كانت نهايتي، ملقاة في بيت زوجي كالخادمات بلا ثمن.. فلم قد ألقيكي لمن يعاملك بنفس الطريقة. لا يا فتاتي، لن يحدث هذا..

الأول كان شاباً من شباب المنطقة، أعرفه جيداً وأعرف نشأته يعمل في إصلاح الهواتف المحمولة، شركة صباحاً و لحسابه الشخصي ليلاً، مهذب جداً مبتسم بشوش لطيف الكلام والمعشر، أخذت أكتب في مفكرتي كل معلومة عنه، وأسأل عليه في منطقة عمله بالشركة.. وعن أهله برغم أنهم من المنطقة وأعرفهم جيداً، لكن كنت ابحث عن الثغرة التي سأجعله يهرب بها!!

ظالمة! ربها، لا يهمني ما ترونه، من يتزوج إبنتى يكون رجلاً بمعنى الكلمة، يريدها حتماً ولا يهرب مع أول مشكلة، كيف أعرف هذا إلا بتجربته في محنة أو إثنين؟؟

جلست معه وأهله وبدأت أولى شروطى. (أبوها وأخوها كانا حاضرين، لكن الكلمة الأخيرة لى أنا فقط):

- أهلا بك، ونعم الناس أنت وأهلك، طلباتنا غاية في البساطة، وهى تعتبر قليلة بالنسبة لابنتى الغالية.

الغالي للغالي، اليس كذلك؟! فقط نريد شقة تمليك، وأرجو ان تكون بإسمها!

فأنت تعلم أن الشقة للعروس، كما لا بد أن تكون قائمة منقولاتها عامرة بكل قشة فى الشقة، مع وضع بعض المصوغات الذهبية طبعاً،، إلى جانب أنك ستتحمل جميع الأجهزة الكهربائية والغرف الخشبية...

- وأنتم يا سيدتى الفاضلة، ماذا ستتحملون بالظبط!؟

- أشياء الغرفة الطعام والمراتب للنوم والملابس والستائر وأغطية الأرضية والنوم! هل تعتقد أنها أشياء بسيطة!

حسناً، فى الواقع كان الأول أمره سهلاً، فلم نره بعدها في منزلنا!

الثاني

- أما الثاني، فقد وافق الوغد على الطلبات السابقة..

إلا أنه إشترط شقة للايجار القديم المتبع في بلدنا، ولمن لا يعرف هو شبيه للتمليك، لكنه إيجار لمده خمسون عاما بأجر يسير..

وافق أباها، ولم أستطع الاعتراض، فأمسكت مفكرتي و دونت ما حدث، ودخلت إلى الخطة البديلة.

قال لها يوما: " أنتى جميلة جداً يا نسمة، وهذا بديع، لكنه يجذب كل شباب المنطقة، أعتقد أن الحجاب سيكون قراراً صائباً "

وافقت ابنتى بالطبع، فقلت لها:

- الخوف أن يطالبك بالنقاب بعد ذلك، لم لا، من يدري؟ ربما منعك من استخدام التلفاز او الخروج اساسا من المنزل!

متشدد، يبدو أنه متشدد قليلاً!

أخذت أغذئ هذا الاعتقاد في ابنتئ، لكنها لم تلق لي بالا، وأعلنت أنها تنوئ التحجب منذ فترة وقد حان الوقت... قلت لها حسنًا، لا مشكلة، إسأليه إن وافق أن نبتاع تلفازاً لشقتك الجديدة؟ وافق اللعين، وأعلن أنه متدين، وليس متشدد وأنه يتصرف بدافع الغيرة فقط، ولا مانع طبعًا من وجود تلفاز.

- جميل، إنه الشخص المناسب بالفعل، أرى أن يخرج معنا كثيراً شاب لطيف حقاً..

وحدث ماكنت أتوقعه وأخطط له طبعاً نظرات الجميع لإبنتى بعد حجابها أصبحت أكثر من ذي قبل..

اللطيف لم يحتمل، خاصة وأنا كنت حريصة أن ترتدى إبنتي كل مرة يخرج فيها معنا ملابس أجمل من سابقتها...

- اسمعى يا (بسمة)، ما رأيك بالنقاب؟
- اسمع أنت يا (سعد)، أشعر بأسلوب غريب في كلامك، أنا جميلة ولا ذنب لي في هذا، ووافقتك على الحجاب، فلم أشعر أنك تريد أن تحبسني أكثر، أو أن الأمر يتطور؟؟
- ـاعذريني إنها الغيرة، والغيرة تعنى الحب.
- لكن لا تعنى السجن! لا أعترض على الحجاب أو النقاب في حد ذاتها، لكن أعترض على أسلوب الغيرة العمياء وأخافها كثيرا..

- سامحيني، احياناً أشعر أنتي أريد سجنك لى فقط!

- إذن أمى كان لديها حق!

حسناً، إنتهي أمر الثاني على خير!

الثالث

كان الثالث صاحب مقهى، غير متعلم، وكان هذا فرصة، فإبنتى معها (دبلوم تجارة)..

- يا للخيبة، بعد كل هذا القسط من التعليم، ألقيكي إلى شخص لم يكمل تعليمه.

- هذا لا يعيبه يا أمى، فهو إنسان مجتهد ويملك شقته الخاصة.....

- وعنده عقدة من كل فتاة أكملت تعليمها، ويتزوجك ليضربك كل يوم أو يقهرك. لنفترض أنك أردتى يوماً تكملة تعليمك، هل سيوافق، أم يمنعك في رأيك؟

وكانت هذه هي القاصمة بالنسبة لها.

الرابع

شاب لطيف حقاً، لكنه يتبع امه جداً، ويستمع إليها فى كل كبيرة وصغيرة، فلم يكن الأمر صعباً...

- أمه ستعذبك حتماً، ستكون الأمرة الناهية في البيت، وسينتهى بك الأمر كما حدث معى، أمه تضربك ليل نهار، وهو لا يتكلم.

الخامس

كان رجلاً بمعنى الكلمة، ووافق على الشروط جميعها، إلا أنه كان شديد العصبية، صوته عال، فلم تحتمل هي أن تستمر معه أكثر من شهر، لم يكن لى يد في هذا هذه المرة!!

السادس.

لا أتذكر بالظبط، أعتقد أنه كان طويلاً جداً.

السابع

كان قصيراً جداً!

الثامن

لا أرى فيه عيباً، هو مناسب جدا، كان يعمل سمساراً للعقارات، كان سيحقق كل طموحاتي، جاء الرجل إلى منزلنا، لكنه كان صامتاً جداً، جلست إبنتي أمامه، لكنه لم يلق لها بالاً، و لم يتفوه بكلمة، وهذا أثار غيظها، كان قد تولد عندها شعور بأن الجميع يحبها أو على الأقل ينبهر بجمالها، (وهي محقة)، إلا أن هذا الرجل لم يصافحها حتى، مما أغضبها جدا و جعلها تغادر غرفة الجلوس!

- لا أدرى ما عيبه، يبدو أنه خجول فقط.
- هو لم يلق على التحية حتى، ولم يتكلم بحرف!

- وماذا نفعل بكلامه، المهم أنه سيحقق كل ما نريده منه..

- تنظرين إلى المال وفقط، أما أنا فلا أهتم إلا بالإنسان، بالمشاعر، أعلم أن المال مهم لكنه ليس أهم شيء في الدنيا

- بل هو أهم شيء.. هل ستأكلين المشاعر؟ هل ستنامين على الحب؟ لاتكوني حمقاء مثلى، ولا تضيعى الفرصة..

- لا أراه فرصة!

- أنا أراه أفضل فرصة!!

- إذن تزوجيه أنتى يا امى!

***

شهراً حاولت بكل السُبُل أن أقنع هذه المألوفة بعريس السمسرة، لكنها رفضت تماماً، كلما اشتكت من قلة المال، قلت لها كان هناك من سينتشلنا من الفقر، لكننا لا نستحق النعمة، كُتب علينا أن نظل هكذا إلى الأبد..!

لكنها صمت آذانها عنى، ولكن هذا دق جرس إنذار في عقلي! لابد أن أغير إستراجيتى الأيام القادمة، وإلا خسرتها، فمن الواضح أنها بدأت تتمرد، أو تشعر بما أفعله..

- (وداد)، ألا ترين أنكى تضعين شروطاً تعجيزية لأي عريس..

- اسكت أنت أنت لا تعلم شيئاً، أو لعلك تريد الخلاص منها سريعاً ورميها لأى كائن ذكر، فأنا أعرفك جيداً

صمت الرجل في ضيق ولم يعلق، لكن حاك في صدره شيء ما..

هو كان يشاركها في الرفض أحياناً كثيرة، ويقتنع بوجهة نظرها جداً، بل وأحياناً كانت تشتكى له من العريس أيا كان، وتحدثه عن معاملته السيئة لها أولا بنتها، وكان يهيج، ويغضب عليه وأحياناً يطرده ظناً منه أن كلامها صحيح. لكن، تكرار الأمر أزعجه وأقلقه، وهو أيضاً قرر أن يهدأ قليلاً ويغير من إستراتيجيته، ويفكر قبل أن يتعارك مع أى قادم حتى يتأكد أولا..

شعرت هي بما يدور داخله، فلان صوتها وقالت في نعومة:

- اسمع يا (جابر)، نحن كما ترى قليلي الحيلة، أموالنا قليلة، كيف ترى أن نعطيها لأى شخص يطلب أن نشاركه في التجهيز؟ الأمر صعب علينا، وإن لا قدر الله حاول التلاعب بنا، فنحن أناس في حالنا طبيبين، لن نستطيع حمايتها منه. وهي، رقيقة الحال كما ترى، فكيف تتصرف هى الأخرى؟! نحن في منطقة ظروفها قاسية وكما ترى شبابها قليل الحيلة متوسط التعليم، وربما كان يشاهد أباه يضرب أمه ليل نهار على المال أو بعض السجائر حتى، تخيل أن تعيش إبنتك حياة كهذه! وتتحطم وتذبل الوردة التي مكثنا عمرنا كله نحارب من أجلها هي وأخيها! لا يمكن أن تترك هذا يحدث، صحيح.. ها.. ألا ترى ذلك معى؟

- هى إبنتك يا (وداد)، وأنا واثق انكِ تريدين لها الصواب.

تراجعت مبتسمة في إنتصار، وشعرت أنها ربحت هذه الجولة

مرة أخرى.....

اما هو، فأشعل سيجارته وأخذ يشاهد التلفاز وعاش في دنيته الضيقة مرة أخرى، منتظراً ما ستسفر عنه الأيام..

فمن يدرى!

القصة السادسة المسجون..!

يحكيها (رضا)..

" منذ صغرى أغلقت علي نفسى، عشت مسجوناً في زنزانة ضيقة هى غرفتى، غطيت وجهي بملأتي حتى لا أسمع صراخ أمى من تعذيب جدتى وأعمامي حتى إعتدت هذا السجن، وأحبب هذه الزنزانة "

***

إسمى (رضا جابر)، أحببت العزف منذ نعومة أظافرى.

وجدت نفسي في تأليف الألحان ومداعبة أوتار العود...

الموسيقى، الإحساس بالكون، طيور تروح و ترجئ في سماء زرقاء مليئة بنجوم لامعة صافية، تأسر كيانك، وتجعلك أسيراً لها بالتالى..

أمي، حبيبتي، ربتني من الصغر على الأخلاق والأدب. كنت أفضل الأبناء أخلاقاً وأحسنهم كلاماً في المنطقة كلها بشهادة اجميع، كان أعمامى يحبونني، لكن لم أشعر أنهم يحبون أمى..

جدتى أيضاً كانت تحبنى، بموجب معيشتها معى أنا و(نسمة) كنا المفضلين لها من بين الأحفاد، برغم أننا لم نجد يوما مزية واحدة في هذا الحب، أحياناً أشعر أن هذه السيدة غير قادرة على الحنان..

كانت أمى تهملني كثيراً من أجل خدمة جدتى، المسكينة لم تستطع كأي أمر طبيعية أن تعتنى بى الاعتناء الكامل، جدتى كانت تضربها وتجبرها على تركى، والعناية بها هي..

تسألون كيف عرفت؟ أقول لكم أن هناك أحداث في الذاكرة لا ننساها أبداً.. تظل كالوميض يبرق كلما تعرضت لظلم أو إحساس بالتفضيل، دون أن تملك الغاء هذا الوميض أو إبطاله.. كم واحد منا يتذكر أحداث معينة في طفولته، أثارت داخله مشاعر، إما قاسية، أو ناعمة، لكنها حددت مصيره وشخصيته إلى الأبد

يقولون أنى مصاب بـ (التوحد)، وهذا لأنى أفضل الجلوس وحدى دائماً ودفن نفسى بين ألحاني..

يقول البعض أن الموسيقى حرام كذلك، حسناً، لا أعرف بالضبط فأنا لست شيخاً ولن أكون، لكن كل ما أعرف أنتى وجدت فيها السلوى وهروب من حاضرى..

لماذا أحتاج إلى الهرب؟ ظننت هذا واضحاً.. منذ صغرى أغلقت على نفسى، عشت مسجونا في زنزانة ضيقة هى غرفتى، غطيت وجهى بملأتى حتى لا أسمع صراخ أمى من تعذيب جدتى وأعمامي. حتى إعتدت هذا السجن، وأحببت هذه الزنزانة، فللأسف لا أستطيع الدفاع عنها بحكم سني الصغير وقتها، ولن أستطيع الوقوف في وجههم.. فلا مناص من التقوقع والنسيان.

والهروب إلى بحر الألحان .. شعرت كثيراً أن جدتى هذه مريضة نفسياً، تجبر أمي أن تستيقظ في السادسة صباحاً لتخرج وتأتي بطعام الإفطار لها وحدها، ثم تقوم بتنظيف الشقة، وإعداد ما سوف يؤكل.

إعداد القهوة لها، ثم تتناول طعامها، وتنام قليلاً. (جدتى لا أمى)، ثم تعود لتستيقظ وتطلب طعاما مره اخرى، ولربها طلبت أن تستحم أيضاً، وتجعل أمي تقوم بذلك بالطبع، ثم تعد طعام الغذاء، حسب ما تريده جدتى طبعاً فقط، ليس لأبي أو لنا أى أهمية طبعاً، الأولوية القصوى لجدتى وطلبات جدتى..

لم تكن الحياة معها بهذا السوء طوال الوقت والحق يقال كانت في الليل تجلس لتتسامر معنا (جدتي لا أمي)، وتحكى لنا عن ليالي زمان ونشأتها وما رأته في حياتها. إلا أنها سرعان ما تعود إلى ضيق الخلق والاكفرار على أمى بالذات!

عمتى (نادرة) أيضاً كانت تثير جدتي على أمى كثيراً..

على أشياء لم تقم بها حقاً، إلا أنها كانت تثير جدتي و تلعب جيداً على أعصابها... مما حول بيتنا إلى جحيم حرفياً.. مشاكل طوال الوقت، صراعات على طلب المال، جدتى لم تكن تترك أمى تهنأ على أى أموال سواء كانت ملك لها، أو من مصروف البيت، أو حتى من جيب أبى صحيح أنها كانت تشارك بمعاشها في مصاريف البيت، لكن هذا لم يكن يعطيها الحق في ضم المعاش على ما يكتسبه أبى من عمله يومياً، وتحرمنا نحن منه كلياً، اللّهم إلا ما يكفي بعض الطعام أو التعليم...

حتى أختى المسكينة (نسمة) لم تسلم من كل هذا، جدتى كانت دائماً تقول لها أنها جاءت (غلطة)! وأنها كانت تفضل ألا ينجبا إلا ولداً واحداً فقط بسبب المصاريف وأن يتفرغوا لخدمتها هي فقط..

لكن في الحقيقة (نسمة) كانت فعلاً لها نصيب كبير من اسمها، كانت نسمة فعلاً وسط العاصفة، إستطاعت في كثير من الأحيان تهدئة جدتى وتخفيف الحمل على أمى، مما أثار حنق عمتى طبعاً.. و حاولت كثيراً إفساد العلاقة بين جدتى و (نسمة) كانت تريد لابنتها فقط أن تحوز على كل الحب، وكانت

تصاب بالغير من معاملة جدتي ل (نسمة)، إلا أنها كانت تعترف للأخيرة بقدرتها على إكتساب قلوب الناس في الداخل والخارج، وكانت تتفاجأ بمعاملة (نسمة) الجميلة لها، برغم كل ما تفعله من وقيعة بينها وبين جدتي، إلا أن (نسمة) كما قلنا سابقاً تحاول معالجة كل المشاكل بالحب، وهذا يثير غيرتهم، ولكنه في نفس الوقت يثير إعجابهم وتتعلق فيها قلوبهم أكثر ...

أما عني أنا، فلم أكن أحظى بنفس الحب طبعا بسب تعمدي البقاء وحدى أكثر الوقت، كما أنهيت دراستي في الثانوية ونجحت بمجموع مقبول، ساعدني على الالتحاق بمعهد عال. أنهيته ثم جلست في المنزل، فلم أكن أحب سوى الموسيقى ولا أتخيل نفسي في أي عمل سواها تعارك معى أبى مراراً، حثنى على العمل كثيراً، لكنني رفضت كل محاولاته وأصررت على موقفى، كم قام بكسر العود لكى يجبرنى على تركه، كم أخذه منى وأعطاه لابن عمتى، لكن كل هذا لم يفت في عضدي وزادني اصرارا على إصرار...

أعلم أن ظروف الأسرة كانت تحتم على أن أعمل وأكتسب المال، لكنى لم أستطع الخروج من صومعتى، و وجدت أنني أعامل الناس بصعوبة شديدة، السنين الطويلة في البعد عن البشر جعلنى لا أعرف كيف أعاملهم ولا كيف أتواصل معهم.

ظنت أمي أننى مريض، ولكن هذا زاد من حبها وتعلقها بي..وأصبحت لا تطيق أي نقد أتعرض له..

وساندتني في قرارى بعدم العمل بل وقررت أن تعمل " في الخياطة، بماكينة الخياطة التي أخذتها من عمتها حينما توفت، لكى توفر المال اللازم لمعيشتنا، خاصة وأن أبى قد كبر وبدأ يقل في العمل.. لكن جدتى بطبيعة الحال لم تجعلها تنعم بأى مال، بل تأخذه منها أولاً بأول، بحجة أن البيت يحتاجه.

في بعض الأحيان، وجدت أمى تفعل شيئاً غريباً. كنت في الليل حينما تنام جدتى ويغيب أبي في عمل أو في مقهى مع أصدقاءه، كانت تتكلم في الهاتف، تضرب أي رقم وتتحدث مع الغرباء بالساعات وكأنها تريد أن تحكى ما بداخلها لأي شخص، و تعبر عن مرارتها...

المشكلة أنها لم تكن تعلم مع من تتكلم، أي رقم تطلبه و يرد صاحبه، تحكى له،،، مما زاد حزني عليها والإحساس بالعجز..

والذي جعلنى اتقوقع على نفسى أكثر انه بعد فترة، وبعد أن أخذت إعفاء من الجيش لأنني وحيد، نزلت للعمل مع زميل لى فى المقاهي، أعزف للناس والسائحين مقابل بعض المال، ليس العمل المناسب لى، لكنه قربني من الشيء الوحيد الذي أحبه.... بعدها التحقت بالعمل في قصر الثقافة، عازفاً على العود. ساعدني في إيجاد هذه الوظيفة عمى (عباس)، وكنت سعيداً بها جداً، فهى الشيء الذي أحبه، مع مرتب جيد و مزايا الوظيفة الحكومية كالتأمين والمعاش وما إلى ذلك..

الى جانب ذلك، كانت أمى تدخر كل ما أدفعه في البيت ولا تنفقه،

- أنت بحاجة للزواج وبناء أسرة، وأنا سأساعدك على تكوين نفسك بإنتظار الظفر ببنيت الحلال.

كان هذا بمثابة تعويض لي على ما قصرت فيه في طفولتي، حتى أنها أخذت تحويشة عمرها من عملها وما كانت تخبئه من جدتي من عملها كخياطة (إن استطاعت)، مع بيع ذهبها أو ما تبقى منه، وكانت تدخر بعضه عند عمتها، ثم إبنة عمتها بعد ذلك، ودفعت لي مقدم شقة كإيجار قديم قريبة منا لكن في شارع رئيسي، حتى أتزوج فيها.. لم يتبق سوى أن أطمئن على أختي الصغيرة، الفتاة كانت مطمع لكل شاب فعلاً، جميلة وطيبة إلى أبعد الحدود، وكما لاحظ هذا الشباب المنضبط، لاحظه الشباب الأوغاد أيضًا من مرتادئ المقاهي بلا عمل، وشعروا أنها من الممكن أن تكون صيدا سهلاً، خاصة وأنا في حدودئ الضيقة ولن أستطيع الدفاع عنها إذا لزم الأمر، حاولت قدر المستطاع أن أراقب أصدقاءها وأختار بعناية من تصادقه منهم، وأمنعها عن بعضهن من البنات الماكرات، ونجحت في الغالب وساعدتني هي بأخلاقها والتزامها. ونصحتها أن تأخذ رأيي في كل شاب يتقدم لخطبتها، إلا أن أمي كانت تستبقنا دائمًا وتفسد أي محاولة بحجج مختلفة ومبتكرة.

ليسوا جميعاً سيئين، منهم من كان مناسباً، إلا أنه عجز أمام شروط أمي المادية التعجيزية، وإن اعترضت، واجهتني بالحقيقة المُرة:

- هل ستفق عليها في تجهيزها؟ لست تملك المال ولا نحن إن لم يكن المتقدم للزواج جاهزاً، فلن نستطيع تزويجها.

كنت أصمت تماماً وأدع الأمر لها، خاصة وأن أبى لم يعد يعمل كما كان وترك كل شيء لامي،التي و بعد موت جدتى، أصبحت هي المسيطرة على المنزل فعلياً، وعلى (نسمة) كذلك،

برغم أنني لاحظت مؤخراً تغييراً في قبول (نسمة) لكل ما تفعله أمى، بعد أن كانت تثق بها ثقة عمياء... هي تحبها جداً وتطيعها في كل شيء، لكن جفاء أمي معها والذي حفرت قسماته داخلها جدتى من سنين، حال بينهما، وخسرهما علاقة الأم والابنة، لكن (نسمة) استوعبت الأمر وحاولت تلطيف الاجواء مع أمى كثيراً، لكنها فوجئت بإصرار الأخيرة على ألا تتزوج، وخافت فيما يبدو على مستقبلها.

❇ ❇ ❇

القصة السابعة ماذا يحدث.!

تحكيها (نسمة)

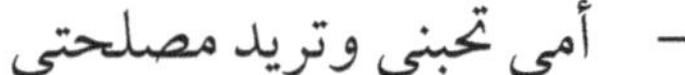

- أمى تحبنى وتريد مصلحتى

- أمى تعرف جيداً ما تفعله

- أمى لها وجهة نظر تُحترم

- أمى لا يعجبها أى شخص

- أمى تصرفاتها غريبة مؤخراً

- أمى يبدو وكأنها لا تريدني أن أتزوج أصلا...

- أمي، ماذا تريدين بالضبط؟؟

***

جميلة أنا حقاً. بل أنا أجمل شيء وقعت عليه عيناي! معذرة، بالتأكيد تتوقعون تواضعاً أكثر، لكن الحقيقة تظل حقيقة، لا تستطيع أن تحجب قرص الشمس، ولن يفيد الكلام الهادئ الرزين إذا كنت تصف عاصفة شديدة، ولن تسعفك العبارات الباردة إذا أردت شرح جمال القمر تحيطه النجوم المرصعة من كل جانب!

ورثت هذا الجمال من أمى... هى كانت رائعة الجمال في شبابها، ولازالت إلى الآن برغم تقدمها في السن..

لكنني لم أستسلم لفكرة أنني جميلة وفقط، بل وغذيت هذا الجمال بجمال الداخل أيضاً، جمال الأخلاق..

وردة صابحة تقف شامخة في جو عاصف ومطير...

هناك الكثير من الفتيات الجميلات، لكن نادرة من تكون جميلة من الداخل أكثر أو مثل الخارج، الفضل يعود إلى أمي التي أثرت على كثيراً في تربيتي على الاخلاق الحميدة، برغم المعاملة الرهيبة التي كانت تعاملها بها جدتى..

سمعتم كثيراً عن كنه هذه المعاملة فلن أشرح ثانية.. إلا أنكم طبعا تتخيلون ما وجدته أمي في دارنا منذ أن عتبته، وما لقيته من جدتى وأولادها، ومن أبى أيضاً وقد كان سلبياً جداً، تركها في مهب الريح و اكتفى بحياته خارج المنزل وسط أبخرة الدخان مع أصدقاء السوء..

كم تعذبنا من سلبيته، كم عانينا من خضوعه لأشقائه وأمه. كان لديه عقدة الابن الأصغر، الذي إعتاد على طاعة كل من هم أكبر منه سناً، ولا يجرؤ أو يتصور أن يقف أمامهم أو يعارضهم، هو صغير وسيظل صغيراً مهما كبر.

كانت أمى على قدر المسئولية أكثر من أبي، استوعبت جدتي، صانت بيتها، عاملت اخوته بأدب برغم ما فعلوه بها، وقفت بجانب أخى حتى عمل وسكن واقترب من الزواج أيضاً، بل لقد اتباعت له شقة.

. مبهورة أنا بها و بقدرتها على صنع حياة من لا شيئ، من يوجد في هذه الظروف، ثم يتغلب عليها ويحفر في الصخر حتى يصل ببيته وأولاده إلى بر الأمان، كان بامكانها أن تهرب مراراً وتتركنا لأبي، إلا أنها أبت، وتحملت من أجلنا الكثير، فقط. لترانا في النهاية في بيوتنا سعداء وفي مستقبلنا، الذي حلمت به كثيراً و حاربت من أجله..

نزلت للعمل بعد دراستى وإنهاء شهادة دبلوم التجارة، للأسف لم توافق على أن أكمل تعليمي واصل للجامعة..

- ماذا ستفعلين بالشهادة وماذا ستصبحين؟ نهايتك في بيت زوجك، كما أننا لا نملك المال الكافي لكي ولتعليمك، يكفى علينا أخاكى ومصاريفه.

حسناً، لم أصر على موقفى لأنني رأيت بعيني كم تعانى لكى توفر المال اللازم لتعليمنا وأكلنا، خاصة وأن أبي قد أعياه السن عن العمل، وهذا ما جعلنى

أصر على العمل لأساعدها في مصاريف البيت، خاصة وأن أخي كان لا يعمل، لإصراره على العمل في المجال الذي يحبه، بل لم يكن ينزل الشارع حتى لشراء أي متطلبات للمنزل إذا طلبوا منه، وكنت أنزل أنا دائماً وأنا سعيدة وأقوم بدوره في شراء أي شيء... و حين التحق بوظيفة لا بأس بها، قررت امى أن تدخر كل ما يأتيها من مال لزواجه، وكنت سعيدة، بقرارها، مستعدة للوقوف بجانبها.

أريد أن أتزوج مثلها وأن أبني بيتاً، يظلل عليه زوجى بمحبته ومشاعره، ويفيض علينا وعلى أولادنا بكل الخير، ونرسم معاً لوحة جميلة من السعادة، تغمر بيتنا وأولادنا للأبد.

كنت رومانسية جداً، أعشق الورد و الألوان، أحب الحيوانات ومداعبتها، أستيقظ لعملي، صباحا، وهو كمساعدة لمحام في مكتبه، وألقى بعبيرات المجاملة وصباح الخيرات على كل من أعرف، والحق يقال كانوا يقابلوني بالوجوه السعيدة الطيبة برغم أي ظروف أو فقر، أناس طيبين جداً في منطقتنا، و هذا ليس رأى اهلى بالطبع!

في الواقع لم أكن أرى الجانب السيء في أي إنسان كنت مؤمنة أن كل بشرى له جانب جميل، وأنه فقط ترسب على هذا الجانب مئات من أتربة العذاب والظروف السيئة، وأنه يكفى أن تزيح هذه الأتربة من هذا الجانب، ليعود شامخا ويسقط تراب العذاب بعد طول ثبات.

أتعرض لمعاكسات كثيرة وهذا طبيعي، إلا أنى أغض الطرف وأمشى مسرعة غير عابئة بما يقال، أو هكذا يبدو. انتظرت فارس أحلامى طويلاً، إلا انتي توقعت أنه في الغالب لن يوجد في منطقتنا الفقيرة نوعاً بطبيعة الحال، لكننى كنت على استعداد لتغيير القبيح بالحب، محاولة إصلاح ما أفسدته الظروف، إخراج الإنسان والطبيعة الخيرية، وطمس ما أفسدته الدنيا وأجبرته على الظهور.

تعلمت كثيرا في مكتب ذلك المحامي، رجل ذو خبرة شيبته الدنيا وكان يعاملني كإبنته.

كان ينصحنى دائما:

- خذى الحذر دائماً يا (نسمة)، أنتي فتاة جميلة و مطمع لكل من حولك، المنطقة تعج بالأوغاد، وأنتي بالنسبة لهم حمل وديع ينتظر الافتراس...

تعلمت من قضاياه، ومن يأتيه مكتبه درساً مهما، الإنسان كذوب وذو أخلاق منعدمة (الا من رحم ربى) يحاول دائماً أن يتملص من خطأه بأى وسيلة، ولا يستطيع الاعتراف أو تحمل نتائج أفعاله الخبيثة... خبرات كبيرة إكتسبتها من العمل معه، وكان دائماً يقول لى أن لو كان لديه ولد لزوجني إياه، وأنه ولأول مرة يرى جمال نابع من الداخل، وجمال يافع من الخارج..

كنت أتى لامى أول كل شهر بمرتبى كله، فأعطيها إياه، واكتفى بمبلغ يسير جداً لو احتجت أي شيء، وكانت هي تنفق منه على أكل البيت، وكم كان يسعدني هذا ويشعرني أنني فرد فعال في البيت..

لكن ما كان يحيرني حقاً، ما تفعله أمي مع كل من يأتي بيتنا لطلب يدي كان لها في كل مرة أسباب مقنعة، لكن كثرة الرفض أثارت التساؤلات، واحياناً كان جيراننا يوبخونها و يتعجبون من طريقتها معى .

- ابنتك يا (وداد) جوهرة، لا تتركيها تخفت نورها، لم نر في حياتنا في جمالها وأخلاقها، تتمنى جميعاً أن تكون ابنتنا، ونعلم أنها تساعد في الإنفاق، ثم أخر اليوم تساعدك فى المنزل، لكن هذا ليس مبرراً.

- إذن تريدوننى أن ألقها لأى أحمق!

- لم نقل هذا، لكن لكل فتاة زهوة، وأنتى بذلك تضيعين زهوتها، لن يقترب منها الخُطاب بعد ذلك .

- ياليت هذا يحدث! يأتينا فى اليوم الواحد عشر خُطاب! لو طلبنا مالا في كل شخص يأتي لطلب يدها لجمعنا ثروة!!

فكانوا يتعجبون ويضربون كفاً بكف ويصمتون للأبد...

ما زاد في الأمر، أنى عرفت أنها تسوء سمعتى عند الجيران!

- لا أعرف ماذا أفعل معها، تأت من عملها وتنام ولا تصحو إلا فى اليوم التالى، وأنا الخادمة التي عليها شغل البيت والطبخ!

و الله وحده يعلم أن هذا ليس صحيحاً بالمرة! فأنا أعمل، وأعود لأساعدها في إعداد الطعام. وتترك هى لى غسيل الصحون وتنظيف البيت، ولا مانع من غسيل السجاد والستائر بين الحين والأخر!

حتى إنى كنت اعود من عملى لأجدها لم تعد الطعام اساسا!

-   لم تعودى مبكراً، فمن سيعد الطعام، أم هو من سيعد نفسه! أنا أعد الطعام لأخاكي مبكراً لأنه يعود قبلك من عمله، وهذا مجهود كبير على في مثل سني!

طبعًا هي ليست متعبة ولا كبيرة في السن لتقول هذا، لكنها تقول دائمًا أنها تخاف من أن أكون كسولة، وأنها تقسو علىٰ لكىٰ أشرفهم أمام زوجي حين يرانىٰ فتاة عاملة، وتقوم بأعمال بيتها أيضًا في الوقت ذاته علىٰ أكمل وجه.

ترى لماذا تفعل معي كل هذا؟ الم ترمى بالضبط؟ لقد انتقلت بمراحل عدة في الأونة الأخيرة، وفى كل علاقة مع أي متقدم لي.وهي كالتالي:

-   امى تحبنى وتريد مصلحتى
-   امي تعرف جيداً ما تفعله
-   أمي لها وجهة نظر تحترم
-   أمي لا يعجبها أي شخص
-   امى تفعل اشياء غريبة مؤخرا!

- أمى ييدو وكانها لا تريدني أن اتزوج أصلاً!

- امى، ماذا تريدين بالضبط!

- ماذا أريد؟ طبعاً كأى أم أريدك أن تزيني بيت زوجك، لكنى لن القيكى لأى شخص عابر، يصنع بك ما صنعوه في، لا وألف لا، لن يتكرر كل هذا الألم

- لكن من يستطيع تحمل كل هذه الأعباء المادية؟

- المثل يقول (الذي يحبنا يلقى بوالديه عندنا) لا بد أن يعلم انكِ غالية الثمن، وإلا فرط فيكي بكل سهولة فيما بعد! ألم ترى بعينيكي ما فعلوه بي؟ هل تريدين نفس المصير؟ لا؟.. إذن اتركيني أدبر لكى كل شيء مثلما فعلت مع أخيكي.

مستسلمة للأمر، منكرة ما إعتمل داخل نفسي أنها: لا تريدني أن أتزوج كعقدة نفسية مما تعرضت له، حتى جاء المتقدم الحاجة وعشرون مثلاً!

- كان شاباً لطيفاً عرفني من المكتب الذي أعمل به تعلق بي فوراً كالعادة، وطلب موعد لزيارتنا، جاء الشاب و قابلها، ثم تكلما في الأمور المادية كالعادة، وافق على كل شيء، لكن أعلن أنه سيقيم مع أهله في بيت يملكه بناه فوق دارهم، أمه في الدور الأول ثم أخوته..

- تقصد أنك تريد إبنتى في بيت عائلة!

هذا لن يكون أبداً!

- امى، أنا موافقة....

- وتكونين خادمة لأمه وتنظفين أدوار البيت كلها كما فعلوا بي ها..
على جثتي!!

حاولنا إقناعها مراراً، لكن فشلنا، حتى ابي و اخى وقفوابجانبي، لكن لاجدوي..

فكرت أن أقابل هذا الشاب وأقنعه بأن يبتاع منزلاً أخر بعيداً عن بيت عائلته، إستاذنت أخي وقابلته فعلا، إلا أن الشاب أوضح أن قدرته المادية لا تسمح بشراء منزل آخر، وأن عائلته لن تقبل أن يغادر منزلهم، أو يبيعه مثلا لأي شخص غريب..

بعدها جاءت لى عمتى بعريس أخر، لكنه من منطقة شبه ريفية في الجيزة، لديه بيت كبير وعمل مناسب، وهو وحيد أهله، فوافقوا على جميع الشروط...

- إذن لا مانع

كانت هذه كلمة أمى، فصفقنا جميعاً و طرنا فرحا، فقط لتكمل:

- لكن ليس قبل أن نزورهم في قريتهم ونتأكد مما قالوه!

قمنا بزيارة القرية والبيت، قرية لطيفة وأهله لطاف جداً، والشاب كان رجلاً و مسؤلاً.. إلا أن...

- ما هذه القرية؟ كيف نصل إليكي ابنتي الوحيدة تقيم بعيدة عنى! وكيف سأنتقل لزيارتها! على ظهر الحمير!!؟ كانت إهانة بالغة للشاب وأهله، وطبعاً كانت النتيجة المتوقعة.. الرفض.

مكان غريب! ذكرني ببيت شبيه اللوز العريس السمسار، والذي رفضناه!. وكانت كلمتها هي القشة التي قسمت ظهر البعير كما يقولون.

مكثت أمي شهراً كاملاً تقنعني به، وتطن في أذني ليلاً نهاراً، حتى انفجرت فيها كما سمعتم، وكان هذه هي أول مرة. لكن كان قد فاض بي فعلاً، لن أتزوج أى شخص غني لأكون قطعة تحفة يضعها في خزانته.

أنا أريد رجلاً، والأهم أن يراني إمرأة.

قد أُسقط بيدى، لا أعرف ما العمل، أصابني الأمر بعقدة نفسية أنا الأخرى، شعرت أنني لن أتزوج أبداً، دائماً لها أسباب منطقية في الرفض، وأبي أضعف من أن يواجهها، ربما لإحساسه بالذنب تجاهها، وأخي في دنيته مغلق على نفسه حياته برغم حبه لى ومحاولته أن يساعدني شعرت أن جمالى هو سبب عقابي، كما كان سبباً لعقاب أمى من قبل... كدت أن أنهار تماماً، كدت أن أستسلم لوساوس الشيطان بأني لن أتزوج أبداً، وأن العمر سيمر وأجد نفسي مجرد عانساً أخرى...

هل أصبح الجمال نقمة، هل هي تتعمد فعلاً عدم تزويجي! أسمعها تتكلم مع الجيران وتصرح بهذا فعلا. لا فائدة، يبدو المصير مظلم والوضع غاية في السوء...

إلي أن ظهر هو

القصة الثامنة لغز الفتاة..!

(يحكيها علاء)

نعم هناك (لكن) بالتأكيد! فأنا منذ عرفتك يافتاة وأنا أتسأل... كيف يمكن لهذه الفاتنة ألا تكون تزوجت منذ سنين؟! هل عمى شباب المنطقة؟! بالتأكيد هناك لغز وراء هذه القصة..

لغز فتاة..!

وأنا أريد أن أعرفه..

وليتني ما عرفته!

***

إسمي هو (علاء)، صيدلي، أمتلك صيدلية صغيرة لكن ذات موقع ممتاز أمام قسم شرطة المنطقة ومدرستها، تدر على ربحٍ عالياً نوعاً، مما ساعدني أن أشتري بيتاً بالمنطقة، بأفضل قطعة فيها.

أنا مطلق، سبق لي الزواج من ابنة عمي، ولدى منها طفلان..

سبب الطلاق؟ حسناً يمكن القول بأنه القسمة والنصيب..

أبي وعمي إخوة (من مدة كبيرة)! ومن ثم...

- الإثنان يليقان على بعضهما جداً، أليس كذلك يا فلان؟
- طبعاً يا علان يا أخي، كأنما خلقا لبعضهما... إذن هو الزواج، لن يجد أفضل من إبنة عمه..
- لم لا؟ هو شاب ممتاز وابننا، وإبنتنا تلزمه!

ومن ثم حدث الزواج، فالإنجاب، فعدم التفاهم، فالطلاق، عدم التفاهم كان شعوراً متبادلاً، لكل منا طموحه وأحلامه، فلم يعد هناك مناص من الانفصال بكل إحترام، إلا أن هذا الانفصال أثار عاصفة في العائلة كما بالتأكيد تصورتم!

لكني اكملت حياتي، وأنفق على أولادي بما يرضى ربنا..

وعليها هي أيضاً فلن أترك أم أولادي وابنة عمي تعاني..

بالنسبة لعملي، كنت أعشقه كما هو دون زيادة. لم أحتج يوماً لإطلاق لقب طبيب على نفسي، أو أحاول علاج الناس ممارسا دور الأطباء، كما يفعل بعض زملاء المهنة للأسف..

تأتي لى سيدة تبكي وتصرخ مولولة:

- ارجوك يا سيدى ابنتي كالموقد، أريد شيء لعلاج السخونة..
- أسف سيدتى، أرجو أن تقومي بعرضها على الطبيب المختص ثم تأتي لى لصرف الدواء الذي سيصفه لها..
- ليس عندي مال للكشف عند الأطباء، ثم ألا ترى! البنت مشتعلة ناراً، ستموت أيها الرجل!!.
- أسف فعلاً سيدتى، من الممكن جدا أن تكون هذه السخونة علامة لمرض ما، وقد أخفيه أنا بدواء أعطيه لكى دون وصفة طبيب، فأزيد الأمر سوءاً، وبدلاً من علاجها بثمن الكشف، تجدين نفسك متورطة لا قدر الله في أمر أكبر وتحدى أكثر..
- حسبي الله ونعم الوكيل.. حسبي الله ونعم الوكيل!

تمشى السيدة ترغى وتزبد وتأتي بكم لا بأس به من اللعنات على رأسى، لكن هذا هو شرف مهنتى، ولن أتزحزح عنه لحظة. وكما أرفض تدخل الطبيب في علم الأدوية، أرفض تماماً أن اتدخل في علم الطب الذي درسه سنوات أنا صيدلى فقط وأفتخر..

طبعاً لا مانع من وجود بعض مدمني المواد المخدرة الذين يترددون على الصيدلية بين الحين و الأخر طلباً في أدوية ممنوعة أو تسبب الوهم وهذا أرفضه طبعاً دون جدال..

حادثة لا أنساها، كنت أقف ومساعدتي بجانبي نعمل كالمعتاد، حتى دخل إنسان عجيب، ذو ثياب رثة وملامح ثملة، تبدو عليه آثار المخدر بوضوح...

أريد دواء (...) حالاً!

قالها باللهجة آمرة، وكلمات متقطعة تذكرك بفيلم (المدمن).

قلت له بلهجة حازمة:

-   لا أعطى دواءً دون وصفة طبية، فإرحل من هنا
-   يبدو أنك صيدلي أحمق. اعطني ما أريد وإلا أخذته بيدى!

ارتعشت مساعدتي و سمعت صوت نبضات قلبها المرتفع، وهي تتابع الموقف مذعورة، فهو يبدو ثملا جدا و مظهره يقول بوضوح أنه قادر على تدمير الصيدلية كلها، وتحويلنا إلى كومة من اللحم المفرى

لكنها فوجئت بما فعلت أنا..

برقت عيناى واتسعتا في تحد، وقلت بلهجة آمرة:

-   بل إن مددت يدك إلى مكان الأدوية، فلن تعود يدك إلى جانبك مرة أخرى!

تبادلنا النظرات في تحدٍ، واستغرق الأمر لحظات بدت

كالدهر...

- يبدو أنك لا تعرف مع من تتكلم، سأتركك هذه المرة، لكني
سأعود!

- وانا بإنتظارك، بوصفة طبية وإلا فلا..

نظر في عيناي بعض الوقت، وقبضت يدى استعداداً لما قد يفعله من حماقة...

لكنه وسط عيوننا المدهوشة، أعطانا ظهره وذهب إلى الخارج.

تنفست مساعدتى الصعداء وقالت لى: انت مدهش.. لم أتخيل أنك ستصمد
أمامه..أنت معجزة!

ابتسمت لها في ثقة، ثم تركتها ودلفت إلى داخل الصيدلة لأكون وحدى، فقط
لأمسح العرق الذى غمر وجهى و غمر داخلى كأنني كنت أستحم!!

تنتشر الأخبار بسرعة في منطقتنا..

رأيت كثير من الرجال الوقورين يأتونني بعدها ليعتذروا عن سلوك هذا
الولد البائس، وعديد من الشباب يهنئونتي على صمودي أمامه، ومنهم من
عرض على أن يحميني.

- إذا جاء مرة أخرى، فقط قل لى، وأقسم أن..

وهكذا شكرت الجميع وأعلنت أن الأمر بسيط! في المقابل كنت أحب مساعدة الجميع، وإعطاء النصائح الدوائية لمن يريدها، أو وصف المقويات ومنظفات الشعر مثلاً التى لا تحتاج إلى وصفات طبية أو الأسباب مرضية، وكم ساعدت، أو رفضت أخذ ثمن الدواء من محتاج، قدر الاستطاعة طبعاً..

الخلاصة أن كل هذا أكسبنى حب الناس، وشهرة في المنطقة لا بأس بها، وخاصة وأنهم أناس طيبون فعلا، صحيح ظروف المعيشة قاسية، لكني وجدت بينهم أخوة و مجدعة أولاد البلد حقاً.. ولبثت فيهم سنين، إعتدت عليهم وإعتادوا على، وعملت مع مساعدين و مساعدات كثيرين وتعرفت على كل أطباء المنطقة تقريبا، و اصبح بيني و بينهم علاقات ممتازة، حتى أحببت المنطقة كلها وأحببت شوارعها، وحفظت كل رسمة طبشور على حيطانها.

أحياناً أقوم بإعطاء الحقن بالصيدلية، خاصة وأنتى تلقيت تدريباً اكلينيكيا في إحدى الجامعات الحكومية المعتمدة، ومعي دورة للإنقاذ كذلك

كنت أقوم بعملى كالمعتاد، ذات صباح، لا ألقى بالا، وأستعد ليوم شاق كالعادة، وهممت أن أمد يدى لأضىء نور الصيدلية على الضوء الخافت الذي يأتي من زجاج النوافذ... ثم فجأة، جاءت هى...!

نور ساطع ضرب في أرجاء الصيدلية حتى عميت عيناي للحظات،

وكأنها شمس سطعت لثوان داخل المكان...

واستدرت، لأراها..

ما هذا؟! ما ذلك الجمال العجيب؟! ما تلك العينان التي تضيء بكل الألوان!!!!

طبعاً خمنتم من أقصد.. إنها (نسمة)،، خليط عجيب من أجمل لوحات فنانو عصر النهضة، سيمفونية مدهشة اجتمع لها (موتسارت) و(بيتهوفن) و(شوبان) إن أمكن ذلك.. شعراء الجاهلية اجتمعوا محاولين نظم قصيدة تتناسب مع هاتين الغمازتين فلم يجدوا.. علماء الفلك أمسكوا المجاهر الدقيقة لمعرفة كنه هذه البشرة البيضاء المشوبة بالحمرة، فلم يستطيعوا.

مبالغة؟ ربما. ولكن هذا كان شعوري وقتها فعلا فلم أحاول إستطالة النظر، وابتلعت ريقي بصعوبة قائلاً:

- بم أخدمك؟
- أسفة، لكنى مريضه جداً، وأبحث عن ممرضة أو طبيبة لتعطيني حقنة مسكنة فلم أجد.

قالت العبارة الأخيرة في عذوبة ممزوجة بالاعياء. فقلت لها:

- لا بأس تعالى إلى الداخل، أنتي وصديقتك.

حيث كان معها فتاة أخرى تساندها وتمسك بذراعها.

وبعد أن دخلنا، قلت لصديقتها:

- أرجو أن تأخذى هذه الملأة، أريدك أن تغطى ساقيها ولا تظهرى إلا المنطقة التى سأدخل بها الحقنة

ابتسمت (نسمة)، (ولم أكن أعرف إسمها بعد) في هدوء و اطمئنان شاعرة بالأمان، وانتظرت انا بالخارج قليلاً حتى فعلت صديقتها ما قلت لها، ودخلت وأعطيت لها الحقنة..

- أشكرك، لم أشعر بشيء.

وألقيت الحقنة المستعملة في سلة المهملات، وخرجت مسرعاً لإعطاءها فرصة لتعدل من ملابسها،ثم خرجت وحيتنى بابتسامة رقيقة، فقلت لها:

- يا أنسة، ما رأيك أن تعطينى بياناتك لعمل بطاقة متابعة لكى بالصيدلية؟ هذه خدمة تقدمها للجميع هنا مجانا..

- لا بأس، وأشكرك مرة أخرى.

دونت إسمها ورقم للمتابعة، وأعطيتها رقم الصيدلية..

إن إحتجتى أى أدوية فقط إرسلى لى إسمها على رسائل الهاتف المحمول، وأنا أرسلها لكي على الفور في الواقع، لم أفعل ذلك لأحاول أى شيء، وقد قلت في نفسي هذه الفتاة الصغيرة (كما يوحي شكلها)، إن جمالها أخاذ، و انها بالتأكيد مخطوبة أو يتهافت عليها الخُطاب ليلاً نهاراً

المشكلة أنها ليست فقط جميلة من الخارج، لكنها خارقة الجمال من الداخل أيضاً.

كيف عرفت؟ حسناً أنا خبرة في البشر، ودراستي كانت تحتوى على أقسام العلاج النفسي، وأهوى القراءة والاطلاع منذ الصغر، وأقرأ علامات الوجه وأدرس لغة الجسد. هذه الفتاة ليست طبيعية أبداً، تشعر حين تراها كأنها أميرة من أميرات الحكايات المصورة، بلا أدنى مبالغة، أكاد أجزم أنني لو راقبتها قليلاً، لوجدتها تلعب مع الأرانب الصغيرة وقت فراغها، أو ترمى طعاماً للحمام والطيور، أو أى شيء من هذا القبيل..

فضول غريب إنتابنى لمعرفة هذه الفتاة، لكنني فكرت قليلاً، ورجعت إلى صوابي بعد برهة..

شاب في مثل ظروفي! لا مستحيل أن تقبل، ثم أنها صغيرة جداً كما يوحى شكلها، فلا أعتقد أن هناك فرصة!

في يوم سعيد ذو صباح رائع! رن جرس هاتفى

مرحباً، صيدلية (علاء)

أستاذ (علاء): لا أعرف إن كنت تتذكرنى، أنا (نسمة).

تجمدت لثانية، وحاولت السيطرة على نبضات قلبى حتى لا تفضحنى..

ثم قلت لها وأنا أبتلع ريقى:

- نعم طبعاً أتذكرك، كيف حالك الآن؟
- بخير، والفضل لله ثم لك، لكنى كنت أريد دواءاً

آخر.

- طبعا تفضلي.. ماذا تريدين؟

طلب دواءً قوى المفعول، فقالت لها:

- سامحيني هل هذا بوصف طبيب؟
- نعم طبعاً.
- غريبة، هذا الدواء قوى وتركيزه عال، فهل أنتى متأكدة؟

لا أعتقد أنه يناسب سنك...

- كم يبلغ سنى في رأيك؟
- لا يتجاوز العشرون في الغالب
- أستاذ (علاء) أنا في التاسعة والعشرين! وهنا اتسعت عيناي في دهشة وصمت للحظات؟
- أستاذ (علاء)، هل لازالت معى؟
- طبعاً معك، معذرة، كنت أفكر في دواءك.

كان قلبي يرقص طرباً، فأنا في الثالثة والثلاثون وقد استبعدت أن ترضى بى والفرق بيننا ١٣ عام، أو هكذاكنت أظن أما الآن..

- سيأتيكى الدواء على الفور. العنوان معى على بطاقة المتابعة
- اشكرك.. أرجو أن تكتب لى مواعيد الدواء بالظبط.

- طبعاً لا تقلقى

وأغلقت المحمول، وأنا أسمع الطيور تزقزق من حولى. والورود تنتشر في أرجاء صيدليتي، إلى أن قطعت مساعدتي حبل افكارى:

- أستاذ (علاء) أين ذهبت؟

نظرت لـها في مقت وقلت لها:

- ذهبت إلى الجحيم، استرحت؟!!

***

تعددت المكالمات والرسائل بيننا في الأيام التالية، لا أخفيكم سرا أننى كنت أريد معرفتها أكثر، وشعرت أنها تبادلني نفس الشعور.. حتى تجرأت مرة، وقلت لها في رسالة على هاتفها المحمول:

- أنسة (نسمة)، هل يجوز لي أن أطلب منك شيئاً؟
- تفضل: إن كان بمقدوري.
- كنت أريد أن أقابلك.. صدقيني قبل أن تظني فيا الظنون لست إنساناً سيئاً ولا أضمر أى شر أونية سيئة، كل ما في الأمر أننى أود أن أتكلم معكِ في شيء مهم، ولا أستطيع أن أتكلم فيه بالهاتف، ولا في الصيدلية طبعاً...

سكتت لحظات كاد قلبي يتوقف خلالها، ثم كتبت

- لا مانع، أنا وصديقتى نخرج بعد العمل للجلوس أمام النيل قليلاً، إذا أحبت نتقابل ثلاثتنا هناك.

- هذا أكثر مما كنت أتمنى، أشكرك.

وكانت هذه هي أول لقاء!!

بعد أن تقابلنا، جلست صديقتها علىٰ مقربة منا وكنت أنا ونسمة نجلس علىٰ صفحة النيل السعيد، في مقاعد أعدها أحدهم خصيصًا للعائلات أو العشاق الراغبين في الاستمتاع بنيلنا السعيد، واحتساء المشروب المفضل في حالة كهذه، (حمص الشام) يسمونه، لم أتذوقه من قبل برغم شهرته، ثم أننىٰ لا أحب الحمص!! لكني أعشق الشام، وطبعًا أعشق النيل.....و(نسمة).

- أنسة (نسمة).. لا أعرف كيف أبدأ. لكنى... أنا.. حسناً. سأدخل في الموضوع مباشرة، أنا أراكِ أروع من رأيت يوماً، وأتمنى التقدم لخطبتك، وأعرف أنكِ قد تكونين، أو أكيد هناك من تكلم معكِ قبلاً، أو مع أهلك، لكن ما شجعني أننى لا أرى خاتماً للخطبة في اصبعك...وأنا ظروفي..

رفعت فجأة يدها الرقيقة أمام فمى، وقالت في عذوبة:

- إهدأ تكلم بأريحية، أنا اسمعك، لن أذهب إلى أى مكان.

يا الله! كم هى رقيقة متفهمة، شعرت بما يعتمل في نفسي، وأوقفت سيلاً من المشاعر التي لو تركتها، لإنسكبت دون توقف، فقط لأنها شعرت بخوفي وحذري أنها ربما قد ترفض...

أخذنا نتكلم لساعة تقريباً دون أن نشعر بأن الوقت يمر.

ثم سكت لأسمعها..

- (علاء).. أنت شاب جميل لا تُرفض، أعرف عنك الكثير من أهل المنطقة وأصدقائى وحتى من أبي وأخى الكل يتعامل معك ويشيد بك، و يشهد لك بالاستقامة والرجولة..

لكن! نعم هناك لكن بالتأكيد، وأنا منذ عرفتك يا فتاة وأنا أتساءل.. كيف يمكن لهذه الفاتنة ألا يدتكون تزوجت منذ سنين؟! هل عمي شباب المنطقة؟! بالتأكيد هناك لغز وراء هذا، وأنا أريد أن أعرفه...

وليتنى ما عرفته!

- لقد تقدم لخطبتي المئات، لكن أمى كانت ترفضهم جميعاً..

- ولم هذا؟ هل هناك أم لا تريد أن ترى إبنتها زوجة؟؟

- لنقل أنها... حسناً، تحبني جداً ولا تستطيع فراقى...

لا أعرف لما لم أستريح للعبارة الأخيرة، وشعرت أنها تخفى شيئا..

- إذن احكى لى أسباب رفضها، ربما لديها حق، إن إختيار زوج مناسب لعسير في هذه الأيام

- نعم نعم، الأمر كما تقول.. لكن هناك بعض الأمور التي يجب أن تعرفها

هاتي ما عندك..

ترددت قليلاً ثم قالت:

- حسناً، إن أمى تضع بعض العراقيل، أشياء بسيطة لكن مؤثرة.

تجعل الشباب يعزف عن الزواج بي

- وماذا عن أبيكي وأخيكي؟

- يتمنوا زواجي، لكن إرادتها الكاسحة تجعلهم عاجزين..

حككت رأسى محاولاً الاستيعاب، ثم قلت لها: (بسمة) لقد شرحت لك ظروفي، ولو كان الأمر كما تقولين، فأنا صيد سهل، هناك أكثر من سبب للرفض..

- إممم، أعرف، وأنا سأحاول أن أمدك بكل المعلومات المطلوبة، كل خططها و محاولاتها السابقة لإفساد الأمور، كل كبيرة وصغيرة تساعدك على الفوز

- الفوز..؟ على من؟

- لنقل الفوز (بمن).. وليس على (من)؟ إلا إذا طبعاً لا تعتبر الزواج بي مكسب.

صمت قليلاً، ثم نظرت في عينيها وقلت لها: بل هو أروع مكسب! هو الفوز الذي لن يأتي فوزاً أهم منه بعد ذلك!

حسناً يا فتاة، أمديني بالمعلومات، أحب لعبة (الشطرنج) من صغرى، خطة أمام خطة، والمكسب هائل هذه المرة، المكسب هو (نسمة)...

ثم لا أعتقد أن الامر سيكون بهذه الصعوبة، في النهاية هي سيدة ضعيفة قليلة الحيلة كشأن النساء..

لكني كنت ساذجا حقاً علي ما يبدو..

❋ ❋ ❋

القصة التاسعة الحرب

يحبكها (علاء) مرة أخرى

" كنت أعتقد أن الأمر لا يعدو مجرد صراع معنوى على قلب فتاة.. ولكني فوجئت أننا في حرب شعواء متاح فيها كل الأسلحة!

حسناً، أنا قبلت التحدى! والخاسر يأكل قبعته كما يقول المثل الإنجليزى الشهير!

***

قالت (نسمة):

- أمي إنسانة طيبة صدقني، لكنها تصغي أكثر من اللازم لكلام الجيران وتعتقد أنهم يخافون عليها، برغم أنهم تسببوا في اغراقها أكثر من مرة. وقد حكيت لك قصتها مع جدتي وكم تفانت في خدمتها، وكم قاست في حياتها، مع أعمامي، بل وحتى مع أهلها

- عندك حق، لا أخفيك سراً، لقد أشفقت عليها، لم تجد مناصرا لا في أب أو جد، ولا زوج.. بل وحتى إبنها كما حكيتي لي حبس نفسه في دنياه لا يغادرها. أعتقد أنها لا تعرف معنى وجود رجل يحافظ على السيدة أو يرعى مصالحها حق الرعاية..

نستطيع القول وبكل ثقة.. أنها لا تعرف معنى كلمة (رجل).

- الحق ما تقول، لقد تعرضت أمي للظلم من كل الرجال حولها، فلم تعرف ابدا معنى العدل.

ودمعت عيناها اطرقت برأسها، فقلت لها:

- لا تحزني يا أميرتي، أعرف أنك تحبينها كثيراً، لكن هذا لا يعطيها مبرراً لما تفعله بكي، معذرة لقد انكوت بالظلم، لذا المفترض أن تتحاشاه في إبنتها، لا أن تحاول تنغيص عيشتها

- هي لطيفة المعشر، وتحبني......

- لكنها تظلمك، سامحيني لا أرى الموضوع على أى ضوء أخر.. مرتبك تحرمك منه وتعطيكي جزء يسير، لا تعد لكي أي طعام وأنتى تعودين من العمل متعبة، بل وتترك لكي أعمال المنزل برغم أنها لا تعمل

- وياليتها تذكر هذا للجيران، بل دائمة الشكوى منى عندهم.

و تتحدث دائماً عن الفتاة المرفهة (التي هي أنا)! التي تنام طوال اليوم وتعمل بالنهار فقط، وتقول لهم أنها تنجز أعمال البيت كلها قبل مجيئي لراحتي انا!

- كل هذا شيء، والحرمان من الزواج شيء أخر، هذه جريمة.

- سكتت (نسمة) ثانية وأطرقت برأسها مرة اخري، يا الهى كم تبدو جميلة وهى حزينة..

ربت على يدها وقلت لها: دعكى من هذا، سنفكر الآن كيف نبدأ خطتنا، وما الذي سنفعله، ما رأيك؟ هل نخفى مسألة زواجي الأولى وأولادى؟

- لا، رأيي أن نتحلى بالصدق، لا نريد أن نبدأ علاقتنا بكذبة..

- لكنها ستتصيد هذا أول شيء كما أتوقع..

- لا عليك من هذه النقطة، هذه حياتي أنا وأنا أقبل.. فقط عليك أن تختار كلامتك بعناية معها ...

- إطمئنى من هذه الناحية، لقد وضعت خطة العمل، وسأبدأ فيها على الفور، وكتبتها في ورقة على شكل نقاط، فأنا أعشق هذا

الأسلوب من صغري، أكتب خططي المستقبلية وما أريد أن أنجز..
وأنجح فيه بفضل القدير......

ضحكت (نسمة)، فسألتها:

- علام تضحكين؟!

أمى تفعل نفس الشىء! كنت أبحث عن مال فى حقيبتها لأحاسب عامل
الكواء، فوجدت مفكرة صغيرة، تكتب فيها خططها لتخويف خُطابي!!،
منهم من إحتاج إلى بند واحد، ومنهم من كتبت فيهاأربع أو ثلاث بنود،
والعجيب أنها تنجح فى النهاية كل مرة!

بمقعدي تراجعت وقلت لها فى قلق:

- تبدو لي إمرأة وعرة أمك هذه!

- تبدو خائفاً!

- من لا يخاف لا يجتهد: حسناً، لنتركها تضع بنودها وأنا أيضاً سأضع
نقاطي، ولنر من يغلب فى النهاية،

- (الله) عزوجل سيكون معنا، فنحن نسعى للخير والزواج.

فقط أريد منكى وعداً...

- بالتأكيد

- عديني أن تكونى معي من البداية للنهاية، كلمة واحدة سأخوض بعدها حروبا من أجل عينيكي، كلمة واحدة ستكون عهدي و قدى الأبدى الذي لا ينمحى..

نظرت في عيناي وقالت:

- ما هي؟
- قولى لى، (أريدك) فحسب
- أنا (أريدك)
- إذن، فقد أعلنت حرب الحب، ليكن الرب معنا فيما هو قادم!

❊ ❊ ❊

القصة الأخيرة القط والفأر..!

(يحكيها علاء) مرة أخرى

"لا أدرى لما تقفز إلى ذهنى في الأونة الأخير، هذه الأغنية:

بحياتك يا ولدى إمرأة، عيناها سبحان المعبود،

فمها مرسوم كالعنقود، ضحكتها أنغام وورود.

والشعر الغجرى المجنون، يسافر في كل الدنيا. قد تغدو إمرأة يا ولدى، يهواها القلب هي الدنيا،

لكن سماءك ممطرة وطريق مسدود مسدود فحبيبة قلبك يا ولدى نائمة في قصر مرصود من يدخل حجرتها، من يطلب يدها من يدنو من سور حديقتها،

من حاول فك ضفائرها، من حاول فك ضفائرها..

ياولدى، مفقود مفقود

مفقووود

وضعت خطتي، وبدأت التنفيذ، راجياً التوفيق من الله.

البند الأول: (الزيارة الميدانية)

عرفت من (نسمة) أن أباها مريض، واتفقت معها أن تتصل و تطلب أدويته، ففعلت، ثم جاء صوت صوت أمها! تتصل بي، صوت رخيم هادئ بعيد عن صوت (نسمة) الرقيق، فقلت لها:

- طبعا سيدتي، لكن في الأدوية المطلوبة حقن، هل عندكم من يعطيه هذه الحقن؟

- لا يا سيدي

- إذن أستأذنك في قدومي لإعطاء الحقن؟

- ستتعبك هكذا!

- تعبك هو الراحة بعينها يا سيدتي، العنوان من فضلك.

أخذت العنوان، الذي أعرفه قبلاً، بالطبع، ثم حشدت أسلحتي! أدويتي وحقني، وتحركت للموقع المحدد.. أقصد بيت (نسمة)!

***

كانت المقابلة الأولى رائعة حقاً!

دخلت المنزل، فاستقبلتني أمها،

بالطبع هي تبدو أمها، سيدة في بداية الخمسينات، وبرغم ذلك، فهي بارعة الجمال، إذا كانت تبدو هكذا في الخمسين، فكيف كان شكلها في العشرين

إذن! إستقبلتني بأدب جم، قلما رأيته في منطقتنا، برغم أناسها الطيبون جداً، لكن الحياة الفقيرة القاسية أثرت على طباعهم، فتجد فيهم مسحة من الغلظة رغماً عنهم، لكن هذه السيدة كانت تتمتع بأخلاق وطباع الفرنسيات اللواتي أقرأ عنهن في الكتب القديمة، حتى أنها تملك لدغة في (الراء) وكأنها فرنسية منذ نعومة أظافرها، وتتلقى اللغة من أساتذتها الكبار... هل نسمة كاذبة أو تتخيل؟! هل يعقل أن هذه السيدة تكون سيئة الطباع أو حادة أو معقدة؟ الايام ستثبت..

دخلت على الرجل، وجدته في بداية الستينات، وأيضاً يتمتع بأخلاق طيبة وصوت هادئ ومظهر بسيط جداً لكن مريح.

- أهلابك يا أستاذ (علاء)

- هل تعرفني يا حاج؟

- ومن لا يعرفك؟! الكل في منطقتنا حينما يأتى ذكرك، يبالغون في الثناء ويتكلمون كما لو أنهم يتكلمون عن بطل! يكفى أخلاقك ومساعدتك للجميع...

- هذا من ذوقك، لم أفعل إلا الواجب، هم يبالغون قليلاً..

- بل انت. المتواضع.. وفعلاً نحن سعداء الحظ لوجودك معنا في منطقتنا.

- هي منطقتى الآن، أنا أقيم معكم من سنين طويلة.

تدخلت أمها في الحديث قائلة:

- طبعاً، أنا شخصياً إشتريت من عندك أكثر من مرة ولا أتعامل مع صيدلي غيرك. يكفي دماثة أخلاقك ولسانك الطيب.

- أشكرك سيدتي، أنا سعيد بتعرفي عليكم، أنتم بيت مختلف حقاً ويبدو فيه رائحة الزمن القديم الطيب.

الخلاصة، أن اللقاء كان رائعاً، ودخلت (بسمة) وقدمت لى مشروبا، وسلم على (رضا) أخوها أيضا. وتبادلت معه حديثاً ودياً.

حسناً، يبدو أن البند الأول انتهى، والزيارة الميدانية اتت بثمارها.. وإن جعلتني أشك قليلاً في (نسمة) وما قالته لى. أتراني على حق أم ساذج!

البند الثاني: (الأب و الأخ)

أخذت في الأيام التالية أسأل عن والدها وصحته كثيراً، و تحدثت إليه تليفونيا مرتين للاطمئنان عليه، وقابل هذا مني بترحاب شديد... أما أخاها، فأخذت رقمه بحجة أنني أحب الموسيقى كثيراً، وتواصلت معه وقلت له أنني أحب الموسيقى واتمنى تعلم على الأقل العزف على آلة موسيقية واحدة، فرشح لى (الكمان) و قابلية مرات في الصيدلية، بل واشتريت (الكمان)ليعلمني العزف عليه .....

علاقتي به توطدت كثيراً، مما شجعني أن أفاتحه في الزواج بـ (نسمة)، ورحب هو جداً، ووعدنى أن يتكلم ويعرض الأمر على والدها و والدتها... وأسعدني أنه وافق على ظروفي..

أسمعكم الآن تتساءلون، ولم القلق؟ فأنا رجل صيدلي، دخلى يعتبر ممتاز، أمتلك شقة، مما يعتبر سكناً مستقراً. هذا بخلاف شقة زوجتي الأولى طبعا، وأستطيع القول بأنني ميسور الحال جدا... سمعتى طيبة وذو أخلاق بحسب كلام المنطقة كلها، لي شهرة لا بأس بها، وبالدليل، فبعد أن غادرت منزلهم بعد زيارتي لوالد (نسمة)، جاء الجيران جميعاً ليسألوا أمها عن سبب زيارتى لهم، بل إن أحد جيرانها سألتها بخبث:

- ترى لماذا كان الصيدلى (علاء) عندكم؟ يبدو أننا سنسمع خبراً مفرحاً قريبا ...

- ماذا تقولين؟! لا بالطبع، هو كان يعطى أبو (رضا) الدواء والحقن...

- إممم، ظنت أن لزيارته غرض آخر..

ضحكت (وداد) وقالت في ثقة:

- لا سبب ولا يحزنون... ربها لو كان أصغر قليلاً، ثم أني أعتقد أنه متزوج...

- متزوج! لا معلوماتك خاطئة. هو مطلق.

عقدت (وداد)حاجبيها، وقالت بقلق:

- امتأكدة من هذه المعلومة؟

- طبعاً متأكدة، زوجى يبتاع منه الأدوية ويتبادل معه الأحاديث الودية دائماً، وهو من اخبره بنفسه

صمتت (وداد) وتراجعت بظهرها مفكرة بعمق ...

هذا ما حكته لى نسمة، فيما بعد، رد فعلها طبعاً لم يكن مريحا أبداً، لكن الشاهد من القول أن كل الصفات السابق ذكرها، من المفترض بالنسبة لأسرة بسيطة الحال مثل أسرة (نسمة) أن يكون عامل جذب قوى...

حسناً، كونى مطلقاً ولى أولاد، يكون ثغرة واضحة تستطيع أم (نسمة) أن تتتسلل منها، وترفض الزيجة، و يكون السبب مقنع، خاصة وأننا متفقون أن الرفض هو الأساس، وليس القبول، وأن المال الوفير هو المعيار و ليس الأخلاق مهما علت..

ايضا أمها كما حكت لى (نسمة)، من النوع المعتز بنفسه جداً، الذي يرفض الشكوى ويترفع عن طلب المساعدة من الغير، مهما كانت الظروف، وتدير منزلها بأقل الامكانيات..

أشكرك يا(نسمة)! لقد وضعتني في معركةبلا هوادة لكن أمدتني بمعلومات قيمة عن حصون(العدو)! حتى استطيع اختراقها والوصول إليها! لا أدرى لما تقفز فى ذهنى كثيراً هذه الأيام، أغنية العندليب (عبد الحليم حافظ) قارئة الفنجان!

طريقك مسدود ياولدى!

****

جلس (رضا) مع أبيه وأمه، وبدأ يفتح معهم موضوع

زواجي ب (نسمة)...

حكى لهم ما قلته له، وشرح ظروفي لهم بالكامل،

فقالت أمر (نسمة):

مطلق وله ولدان! بعد كل ما رفضناه من شباب ممتاز تأخذ شخصاً سبق له الزواج وله أولاد! لم؟ هل عزف الخُطاب عن إبنتي؟!! هل كبرت في السن ولم يعد يطرق الشباب. لها باباً؟!! إذهب له يا (رضا) وقل له أن الأمر مرفوض.

وأن ظروفه لا تسمح له بالزواج من عزباء.

نظر لها (جابر) وقال في صرامة غير معتادة:

– هل تراني مت فتأخذين القرارات بدلاً مني أم ماذا؟

وارتجفت (وداد) قليلاً، ربما لأول مرة منذ سنوات، بسبب شدة لهجته وقالت:

– ماذا؟! أحسنت يا (جابر)؟!! هل ستلقى إبنتك هكذا؟

– تسمى زواجها بصيدلي من من أفضل شباب المنطقة رمياً؟

– بالطبع، ألم تسمع؟!! إن له أولاد...

– لا يعيبه، الرجل لم يجد حظه، ثم إن هذا تحكم عليه إبنتك لانحن. هي حياتها وهي من تقرر

- أوكد لك أنها سترفض..

نظر لها (جابر) قليلاً، ثم صاح بأعلى صوته:

- (نسمة)، تعالى هنا

جاءت (بسمة) إليه مسرعة، فقال لها:

- الصيدلي (علاء) تقدم لطلب يدك من أخيكي، منتظرا موافقتنا المبدئية ليتقدم رسمياً، وهو مطلق وله ولدان وأخلاقه معروفة بالطبع لدينا جميعاً، فمارأيك؟.

ثم نظر نظرة جانبية إلى (وداد) وأكمل:

- وأنا موافق مبدئياً!!!!

نظرت له (وداد) نظرات تقتل إذا جاز التعبير، ثم نظرت إلى إبنتها وعقدت حاجبيها، متساءلة:

- هل توافقين أنتي على هذا المطلق؟!!

سكتت (نسمة) في خوف، وتبادلت النظرات مع أخيها الصامت، ومع أمها التي تغلي طبعاً، ثم قالت بصوت مبحوح:

- أنا... أنا مبدئياً... مبدئياً أوافق

نظرت لها (وداد) في غل، وصاحت:

- وأنا لن أنتظر في الدار بعد الآن إن جاء هذا الصيدلي إلى بيتنا ثانية،
أنتم مجانين، أنا لا أوافق، هذه ابنتي..!

- إذا غادرتي سيأتي (علاء) للاتفاق معي بدونك.

لأول مرة منذ سنوات يأخذ (جابر) هذا الموقف الحاد مع (وداد)،

لكن يبدو أنه سأم ما تفعله في طرد كل من يأتي إلى بيتهم طلباً ليد ابنتهم.

هنا، سكتت (وداد)، وتراجعت في مقعدها ثم قالت في قوة:

- إذن ليأتي ليسمع شروطنا، أم أنك ستعطيه إبنتك مجاناً ايضا!!

- لا بالطبع، سنطلب منه ما نريد، قل له يا (رضا) أن أبى يرحب بك
لنتكلم في مستقبل الزيجة.

ثم نظر إلى (وداد) وقال في حزم:

وأبلغه موافقتنا المبدئية..!

و رقص قلب (نسمة) من الفرح

✻✻✻

جئت إلى منزل الأستاذ (جابر)، ملبياً دعوته التي أبلغني إياها (رضا)، ومعي
الورود وعلبة الحلوى المعروفة بكل خاطب، (وداد)، طبعاً، تخيلتم نوع
المقابلة.. مختلفة تماما عن المقابلة الأولى، بابتسامة غامضة، ونظرات شك
ضاحكة، أو تهكم أو شماتة، لا أدرى كيف أصفها بالضبط..

في حين استقبلني أباها في حفاوة، وأدخلني إلى حجرة الجلوس..

بعد عبارات التحية، قالت (وداد):

يسعدنا جداً أن تتقدم لنا، فلا يختلف أحد عليك و على كرم أخلاقك في منطقتنا. كلها.....

- أشكرك، هذا من ذوقك...
- لكن سامحني، لقد عرفت من رضا أنك سبق لك الزواج، ولك ولدان صغيران..

ثم مالت نحوي بنصف جسدها العلوي وقالت:

- كم عمر هؤلاء الصغار المساكين؟

حسناً، يبدو أن الحرب بدأت، والمشادة الكلامية في الطريق، فقلت لها متجاهلاً ما ترمى إليه، وقلت لها بابتسامة:

- في أحسن حال، الكبير بدأ المرحلة التعليمية والصغير٤ سنوات، أزورهم يومين في الأسبوع..
- وأمهم، كيف هي؟ بالتأكيد تلاقى الأمرين في تربيتهم..
- في الواقع من تقوم بتربيتهم حقا هى أمها، فجدتهم (والتي هي زوجة عمى)، تحب الأطفال جداً و هم متعلقون بها بشدة، كما أن لها و اخوة بنات يقضون جل وقتهم مع الصغار...

- الواحدة منا عندما يتركها زوجها لا تكون في أحسن حال قطعاً.
- فعلاً، لكن إبنة عمى مختلفة، حتى أنها تفكر في الزواج!

قال (جابر) متسائلاً:

- معقول!؟ وبالنسبة لأولادها هل ستتركهم؟!
- يا عماه و إسمح لى أن أناديك بهذا اللقب، إبنة عمي والتي كانت زوجتى، إنسانة واقعية جداً، وانفصالنا كان بالاتفاق مشوباً بالاحترام المتبادل، ولا أنا ولا هي نستطيع ترك أولادنا، بل عاهدنا بعضنا أن نهتم بهما طوال حياتنا، حتى لو تزوجت هى أو إرتبطت أنا بغيرها، هذا مزية أن تكون مطلقتك من عائلتك.

قالت (وداد) في شك:

- تشعريني بأنها سعيدة بهذا الوضع؟
- ليست سعيدة بقدر ما هو تفاهم، إثنان عاشوا مع بعضهما البعض ولم يتفقا، فما المانع فى أن ينفصلا بكل ود، ويسود بينهما الاحترام، خاصة وأنني لا أنقصهم أى ماديات لا هي ولا الأولاد، وأسأل عنهم يوميا.
- وما الذى يضمن لنا أنها لا ترغب في العودة إليك؟
- لم تكن ستنفصل في الأساس! هي ابنة عمى وعمى هو (للصدفة) أخو والدى!! يعنى أنه لا حرج تماماً، وأن انفصالها، إن لم يكن

برغبتها التامة، لن يكن ليتم، خاصة وأن عمى بطبيعة الحال لم يكن يريد هذا الانفصال بالتأكيد، وضغط عليها بشدة لتبقى، لكنها رفضت كل محاولاته، مع إصرارى أنا أيضاً على الانفصال..

قال (جابر) في خفوت:

- سعيد أنك تهتم بها وبها برغم الانفصال، هذا من الأسباب التي أكدت لى أنك ستحافظ على (نسمة).

- (نسمة) في عينى ياعمى، ثم إنها ستجد السعادة معى بإذن الرحمن.

قالت (و داد) في هدوء:

- وهل إبنة عمك لم تجد هذه السعادة؟

- أفهم ما تقصدين، لكنى سأفاجئك وأقول لكى أنها كانت سعيدة جداً، وإن أردتي أن تتكلمي معها لتتأكدي بنفسك فأنا مستعد، لكن كل الموضوع ببساطة، أنها تريد النزول للعمل، وأنا لم أوافق.. وهي والحق يقال، كانت متفوقة في دراستها، وترى أنها سنضع طموحاً وتقدماً إذا عملت، وأنا كنت ارى رعاية الأولاد أولى، ولم أحب فكرة المرأة العاملة أبداً.

قال (جابر) مبتسماً:

- عين العقل، الزوجة ليس لها إلا بيتها واولادها.

هذا كان رأيي يا عمى، فحين لم توافق على رأيي، أعطيتها مطلق الحرية فى أن تكمل حياتها معى، أم تختار العمل....

فإختارت العمل وإعتذرت لى عن إكمال حياتها معى، وأنا رحبت، فأنا لن أجبر واحدة أن تعيش معى دون إرادتها..و طلبت أن يقيم الاولاد معها حتي لو تزوجت، و انا وافقت

- جميل يا بني... أحب حكمتك وعقلك.
- و صدقنى حاولت مراراً أن أثنيها عن قرارها لمصلحة الأولاد والبيت إلا أنها أبت إلا الاستماع لنداء الطموح.

قالت (و داد):

- حسناً دعنا من هذا الموضوع، هل تجد في نفسك القدرة المادية على أن تنفق على بيت أولادك وبيتك الجديد؟
- سيدتى أنا صيدلى ولى أملاكى الخاصة، شقة خاصة، وصيدلية و دخلى منها مرتفع، يكفيني وزيادة ولله الحمد، عندى رصيد كاف من المال، صحيح أنتى ليست غنياً، لكن أمتلك ما يجعلني اعيش أنا وزوجتى حياة كريمة.

ثم تابعت في حماس:

- ثم أنتى أعلن أمامكم الآن إستعدادي لتحمل كافة مصاريف زواجي من (نسمة)، تجهيزات الشقة كلها بالكامل، لا أريد

منكم. أيْ شئٍ، بالإضافة إلىٰ شبكة مناسبة وتكاليف العرس وكل شئ.

قالت (وداد) بانزعاج:

- هل تقصد أننا لن نستطيع تجهيز إبنتنا! للعلم فقط يا أستاذى الفاضل، لقد ابتعنا لها أفضل الأجهزة المنزلية التي تعمل بالكهرباء، وتجهيزات العروس من أفضل الأنواع.

- عفوا سيدتىٰ، لم استطيع أن أشرح مقصدىٰ جيدا. كنت أقصد أنني أتصرف طبقًا للشرع، والمفترض أن يجهز الرجل بيته بكل احتياجاته، وليس علىٰ الزوجة أي مسئوليات. أما طبعًا يسعدني مشاركتكم بأي جهاز، وأعتبره فضل منكم لستم مضطرين.

صمتت (وداد)، ولم تستطع الرد، وقد أفحمها ردى، وقال(جابر) متجاوزا الموقف:

- سعدنا بك يابني، لكن لابد من أن تضع لابنتنا ما ابتعناه لها، ثم إنك تعلم، لابد من قائمة للمنقولات المتعارف عليها للعروس.

- اتعرف يا عمي أن ان نظام قائمة المنقولات هذا، ابتكار يهودي في الأساس!

- لا لم أكن أعلم..

- يرجع ظهورها في القرن الثاني عشر من تاريخ مصر، حيث انتشرت في ذلك الحين ثقافة تعدد الزوجات التي يسمح بها الدين الإسلامي، وتزامن مع ذلك انتشار زواج المصريين المسلمين من البنات اليهوديات، حيث استقر اليهود في مصر واندمجوا في المجتمع.

لكن، هنا كان الرجل المصري يجمع في الزواج بموجب قاعدة التعدد في الإسلام بين الأنثى اليهودية والمسلمة، إذ يحل له ذلك، بينما لم يكن هذا في عرف المرأة اليهودية، فاعتبرته يهدد زواجها بسهولة طلاقها إن رفضت التعدد، خصوصاً مع ميل الزوج إلى الإنجاب من زوجته المسلمة، وعلى الرغم من أن الإسلام شرّع قاعدة التعدد، فإن غيرة النساء أرادت الالتفاف حول القاعدة، وتقييد الرجل بمكر لا يقوى حياله على تطبيق القاعدة الشرعية التي تبيح له التعدد من دون أن تمنعه بشكل مباشر، وتعرض نفسها للخلافات التي تنتهي بالطلاق، ففكرت في تكبيله بقائمة منقولات تثقل كاهله، وتتحول إلى عبء مادي كبير يحول بينه وبين الزواج عليها من أخرى. على أن توثق جميع المنقولات، والمشغولات الذهبية تستردها الزوجة حال الطلاق، وهو ما يجعل الزوج يتراجع ألف مرة قبل أن يفكر في الزواج من جديد، وإلا خسر كل شيء وأصبح مداناً برده إليها.

اهتمت (وداد) بما أقوله، و قد وضح عليها انها تحب هذا النوع من الحكايات، برغم أنها طبعا لم توافق علي ما في الكلام من مقصد..

- تقصد انك ترفض قائمة منقولات ل (نسمة)!
- الأمر بالنسبة لي سيان، لا انوي أن اخذ منها شيء من متاع البيت، حتي لو اراد الله لنا أي مصير فيما بعد، لكن فقط أردت توضيح أن الله عزوجل دافع عن المرأة و وضع لها حقوقا بما يكفي لحمايتها، و أن ابتكارات البشر لن تحمي الزوجة كما حماها رب العالمين في قرآنه.

قال (جابر):

- هي مجرد ورقة ستُلقي في خزانة الملابس، لا اهمية لها، سوي فقط الاطمئنان علي ابنتنا، و نحن واثقون بك..

قالت (وداد) في عنف:

- ثم لا تنس أن لك اولادا من زوجة اخري، فمن يدري؟ لا نريد أن يكبروا و يحدث في الامور أمور و يطالبوا ببيت والدهم أو أثاثه.
- لا بأس، قلت لكم الامر سيان بالنسبة لي.

قالت (وداد) في هجوم:

- نظام قائمة المنقولات هذا يضمن حق السيدات من الرجال الظالمين
- أفهم من هذا سيدتي أن لكى قائمة منقولات من زوجك هنا؟

تراجعت (و داد) في مقعدها مصدومة، وقالت وهي تبتلع ريقها:

- لا لم يكتب لى قائمة منقولات.

ثم تابعت في إصرار:

- لكن في هذا العصر، أصبح أهم شئ! كما أن هذا هو النظام المتبع في عائلتنا

- حسناً سيدتى، لا مانع، فالشقة بالتجهيزات جميعاً ملك (النسمة)

بل هي أصغر شيء أقدمه لها..

- وهذا ليس كل شئ، هناك أشياء تنقصنا في تجهيزاتها لم نستطع إكمالها ولن نستطع غالباً، هذا غير تجهيزات الزواج و مصفف الشعر وأشياء العروس وتكاليف الخطبة......

- لا تقلقى من أى شيء، كل ما تطلبه (نسمة) اعتبروه عندها

- جميل جداً، لكن هناك شيء يمنع إتمام الاتفاق في الوقت الحالي!

نظرنا جميعاً لها في دهشة، وقال لها (جابر):

- وما يكون هذا الشيء الذي لا أعلمه؟!

- أنت تعلم أن زوج إبنة عمتى في حالة خطيرة وقد يتوفى الايام المقبلة، وليس من المناسب أن يبدأ الاحتفال وهو يمكن أن يلقى ربه في أي لحظة.

- وهذا ما يجعلنا نتم الخطوات سريعاً، الخطبة الأسبوع القادم يا بني!

اتسعت عيناي وعينا (نسمة) في دهشة ممزوجة بالفرح وعدم التصديق على الموافقة السريعة، وبرقت عينا (وداد) في دهشة ممزوجة بالغضب، ولكنها لم تعقب..

- سنذهب معاً غداً إلى الصاغة لاختيار الشبكة،.. هل هذا يناسبك؟
- طبعاً يا عمى!..
- إذن نلتقى غداً، وبالنسبة للشبكة فهى هدية منك، لاتحمل نفسك ما لا تطيق.
- أشكرك يا عمي (نسمة) تستحق كل خير، وسأبذل ما بوسعى لأسعدها

البند الثالث: الشبكة

تمت أولى خطوات التحضير للزواج على خير، ووقف أباها معى كما رأيتم وساندنى، لكن هذا أثار غيظ أمها ولا أعرف كيف.ستتصرف

(أسئلة وجودية):

طبعاً بدأت الحرب الكلامية والتخويف والترويع، على غرار:

- ماذا إن عاد لزوجته الأولى؟ ماذا إن تزوجت وتركت له أولاده؟ هل ستستطيعين تربيتهم؟ وماذا إن كبروا الأولاد و أرادوا بيع شقتك

التي هي ملك له هو؟! أين ستذهبين وقتها؟ ماذا إن أصابه الملل منك؟ هل سيطلقك أنتي الأخرى؟؟؟

سيل من التخويف مارسته (وداد) على (نسمة) المسكينة.

و التي وضعت أصابعها في أذانها، محاولة وقف هذه العاصفة، دون جدوى..

وحان اليوم الموعود، يوم اختيار الشبكة، ذهب الشبكة، ذهبنا إلى الصاغة، واختارت (وداد) أفخر متجر ذهب طبعا!!،

دلفنا إلى الداخل، وقلت ((نسمة)):

- إختاري ما تشائين، أنا معي مبلغ عشرة آلاف..

إختارت (بسمة) خاتماً و قرطاً وإسورة، بأحجام رقيقة ومتوسطة، فصاحت امها:

- ما هذا،! هذه الأحجام ستنقطع منك مع أول ارتداء لها!

ثم ذهبت إلى واجهة العرض، وإختارت خاتماً ضخماً، وقرطاً طويلاً، حتى أن صاحب المتجر نفسه قال لها في خفوت لكن كان مسموعاً لنا:

- سيدتي هذه أغلى أنواع في المتجر!

لقد أشفق الرجل على برغم أن الأمر من المفروض أنه في مصلحته ليبيع ويكسب!

لكنها لم تعره أى إهتمام، ووضعت ما اختارته أمامى، وأزاحت ما إختارته (نسمة) وسط دهشتي ودهشة البائع والنسمة، وأبوها!!

ملت على أذن (وداد) وقالت لها في أدب جم:

- للأسف ليس بمقدوري أن أشتري ما أعجبكي!،

لكن ما أعجبها بمقدوري أن أشتريه.

- أنا اخترت ما أراه أقوى في التحمل، ما رأيك يا (نسمة)، ألست على حق؟؟

صمتت (النسمة) وأشاحت بوجهها، ولكن (جابر) أنقذني!

فقال في رضا:

- بل ما إختارته (نسمة) أفضل، هيا يابني ادفع للرجل.

نظرت له (وداد) في مقت، وتركت المتجر إلى الخارج، أما أنا فدفعت ثمن الذهب الذي اختارته (نسمة)

يبدو أن أول المعارك مر على خير، غير أنه طبعاً. (نسمة) حزنت وتأثرت نفسياً لتصرفات أمها، فربتت على يدها مطمئنا، وسرنا معاً إلى خارج الصاغة... لكن ما كان يهمنى الخروج من البند الثالث بسلام

عرفت فيما بعد النواح والصياح الذى فعلته (وداد) أم (بسمة). وكيف ولولت على حظها وحظ إبنتها، ويحسرتاه على الشباب الذين رفضتهم من قبل وكانوا على استعداد لتقديم شبكة أعلى من هذه واقيم...

لكن (بسمة) وأباها، وأخاها أيضاً، فرحوا بالشبكة جداً، فلاقوا نصيباً لا بأس به من الصياح والغضب.

كنت سعيدا جدا بموقفهم، وشعرت أن الأمور سارت بخير..

وأن الأمور اقتربت من الانتهاء بنجاح،،، لكنى ومرة اخرى، كنت، ساذجا جدا..

ذات يوم فوجئت بمكالمة من (نسمة):

- (علاء)، هناك أمرا مريباً يحدث!

- ماذا هناك؟؟

- تصلنى رسائل على هاتفى من بنات يدعون أنك تحبهم! أوكنت تحبهم، وأن أخلاقك سوداء مظلمة!!!

- جميل، أنا أيضاً تصلنى رسايل من من شباب يدعون معرفتهم بكي،

- المنطقة كلها تعرف (نسمة) وأخلاقها جيدا

- الحق ما تقولين، لكن الرسائل لا تصل بشأنك بتاتاً، بل بشأن أمك!

- هل كانت امى راقصة وأنا لا أعلم.

ضحكت للدعابة وقلت لها:

يتكلمون عن معاملتها السيئة، أحد الرسائل مكتوب بها.. أيها الصيدلى (علاء)، أحذرك من هؤلاء من تريد أن تناسبهم، فهم نصابون، بالذات هذه المرأة الرقطاء! امضاء مخلص أمين

- لا عجب، فأمى كانت تطلب وتحمل ما لا يطيق بشر،

- لكنها لم ترق لأحدهم على حسب علمي... أنصحك كما نصحت نفسى، حينما تجدين رسائل كهذه؟ قولي لهم: ارسلى لى أى صور مع (علاء)، أو محادثات هاتفية أو رسائل، دليل واحد وأنا أصدق وأتركه، فمن لا تأتي إليكى بالدليل، الغي رقمها ولا تحديثها مرة اخرى..

- فعلت ذلك فعلاً، وكان عندى فضول شديد لأرى قاذوراتك القديمة!!

- لن تجدى شيئا يا فتاة.. لم أحاول حتى

- أنا متأكدة يا عزيزي..

- لكن خارج المنطقة، تجدينني ذئبا لا يعلم بأمره أحد!

- واضح!!

كل المحاولات السابقة وحتى لو زادت لم تفت في عضدي أنا أو (نسمة)، لكن الأسوأ أتى فيما بعد.

فوجئت بمكالمة من آخر شخص اتوقعه من طليقتي!!! تهنئ بالخطبة

إبنة عمى العزيزة تحدثت معى ساعة هاتفياً، وتبكي على الأطلال!!

- معذرة يا إبنة عمى، لماذا تذكرتى هذا الآن، وقد مر فترة طويلة؟

- لا أعرف، ربما حينما عرفت أنك ستتزوج حقاً.. ثم هذه المكالمة ...

- مكالمة! من مَن؟؟

- لا أعرف، سيدة تكلمت معى، من رقم غريب، رفضت ذكر اسمها، وحكت لى عن المصائب التي ستقابلك في الارتباط بهؤلاء من تريد، وكيف سيسرقونك ويجردونك من أملاكك!!

- سيدة؟ هل كانت صوتها رخيم بلدغة في (الراء)؟؟

لست بصدد عمل اختبار سمعيات لها ولست خبيرة بالأصوات!سيدة وكفى!

- حسناً لا يهم! وماذا قالت لكى غير ذلك؟.

- حذرتني من تصرفاتك وكانت تحاول إخافتى من إضاعتك لأولادك.

- وماذا عنكى؟ يبدو أنكى أصابك الخوف...

- لا بالطبع، أنا بالتأكيد اخاف عليك أكثر من أى شخص في الكون، أنت ابن عمى قبل أن تكون زوجي و أبو أولادي، فقط قررت أن أخبرك بما حدث..

- أشكرك؟ فقط لا تعطى بالاً لأي مكالمة تأتيكى عنى

- حسناً، لكن فقط إحترس.

لم أصدق ما سمعت...

معقول أن تبلغ الأمور هذا الحد؟!!!! يبدو أننى كما وضعت بنودا للمعركة، وضع العدو بنوداً أيضاً، بدأت بمحاولة إضعاف (نسمة)، ثم تحميلي ما لا أطيق مادياً وفي يوم إختيار الذهب، ثم الوصول إلى طليقتي وإخافتها.

ومن يعلم ماذا فعلت أكثر من ذلك؟ على أنتي في الأيام التي تليها، وجدت مكالمات شتى من أقاربي جميعاً! منهم من تشاجر معى، وصرخ في، ومنهم من حاول إثنائي عن الزواج بأى طريقة "

هل وصلت إليهم جميعاً!!

يبدو أن هذه السيدة كالأخطبوط بثمانية أذرع!!

سترك يارب من الايام القادمة.

لكن لن استسلم، فأنا أيضاً ليست سهلاً:

في الآيام التالية، بدأت أزيد علاقتي أكثر بجيران (نسمة)..

بعض اصدقاءها، بل وأفراد عائلتها،و ساعدني هذا في تشتيت العدو و استمالته لفكرة قبولي، فالناس جميعا شكروا في و باركوا لأمها علي الخطبة القادمة.

إشتريت أيضاً هدية جميلة لأباها وأمها، سعد أبوها بالهدية جداً، بينما ألقتها أمها في قعر خزانة الملابس!

كنت أزورهم كل خميس في بيتهم أقابل (نسمة).

وفي زيارة، حددنا ميعاد الخطبة، واتفقنا أن تكون في مركب على النيل.. بالطبع دعوت أفراد عائلتي، وبالطبع رفضوا جميعاً الحضور واعتذروا بحجج

واهية! ربما تضامناً مع عمي وابنته، وربما خافوا من النسب الجديد وما سمعوه عنهم.

المهم أن اليوم مر بسلام، و حضرت أم (نسمة) الخطبة بسروال أمريكي (جينز) وزى نوادي وليس زي احتفالات بتاتا! لكن اليوم مر على أية حال، ورسمياً أصبحت تزين أصابعي خاتم فضة عليه إسم (نسمة)، وكذلك هي أيضاً، وأفشلنا بذلك خطة أمها الأولية بافساد الخطبة.

لكنه (نسمة) أثارت قلقى، قالت لى أن ثلاثة من خُطابها السابقين استطاعوا المرور من العقبة الأولى وأقاموا حفل خطبة أيضاً، لكنها أفسدت عليهم الأمور. فيما بعد!!

- حسناً، هذا خبر مبهج! قولى لى كم من الثلاثة مر من العقبة الثانية؟
- واحد فقط!

يبدو أن الأيام القادمة مليئة بالتفاؤل.!!!

البند الرابع: التجهيز والأثاث

خلال الأيام التي تلت الخطبة، كان استقبال أمها لى بحفاوة بالغة، وطعام من كل صنف، وفواكه وحلوى،، مما أشعرني أنها قد تكون استسلمت، لكن (نسمة) أبلغتنى ألا أبالغ في التفاؤل وأنها تحاصرها دوما، وتخوف أباها مما هو قادم بصورة مستمرة،،،

حددت معهم يوماً لاختيار الأثاث، ودعوتهم لمتجر أثاث معروف جداً في أحد الأحياء المشهورة بصناعة الأثاث ومعارض الغرف، وذهبنا أنا و(نسمة) وأباها وأمها في يوم مبكر إلى وجهتنا..

قال لي أباها:

- لا تكلف نفسك ما لا تطيق، إختر ما يناسب قدراتك.

صاحت هي في استهجان:

- ماذا تقول؟! هل هذه دعوة لاختيار أرخص الأثاث أم ماذا؟
- سبحان ربي، لم أقل هذا يا إمرأة..!
- لا بد من إختيار أثاث متين يتحمل ويعيش، وإلا عاش سنة واحدة فقط ثم تحول إلى أشلاء، وكل من يتزوج حديثا يعرف قيمة ما أقول..

والتفتت لي متسائلة:

- ما رأيك أنت يا سيد (علاء)؟
- أوافقك طبعاً، لا بد من إختيار أثاث يتحمل، على قدرنا واستطاعتنا المادية!

كانت عبارة ملتفة كما تفعل هي، لكنها آخرستهم حتى وصلنا!!

دخلنا إلى المتجر، وأخذنا أنا و (نسمة) نشاهد ونقارن ونسأل،،،

بعد حوالى النصف ساعة، عدنا إلى أباها وأمها وقد كانوا تركونا ليشاهدوا قسماً آخر في المتجر

- وجدت السيدة تقف وحدها وتبتسم ابتسامة غامضة!

قلت لها متسائلاً:

- أين عمي؟ هل ذهب إلى قسم أخر؟
- لا، بل غادرنا وعاد إلى المنزل!!

قالتها وهى شبه تضحك، لدرجة أنتى ظننتها تمزح،

فضحكت مجاملاً وقلت لها:

- دعابة جميلة، أين هو حقيقة؟
- غادر المتجر، متعب قليلاً.. ثم إن الأشياء المعروضة هنا لم تعجبه، ضعيفة ورخيصة جداً!!

لم أصدق! ماذا دهي هذا الرجل؟ ترى ماذا فعلت به حين غادرناهم!!

هكذا!!!!

تحدثت معه هاتفياً خارج المتجر، وسألته لم غادر، فقال:

- شعرت ببعض التعب، لا عليك يا بني، إختر ما تراه مناسباً ولا تلتفت لأحد.

- عمي لا تقلق، إذا لم يعجبكم المتجر في هذه المنطقة، نذهب إلى آخر، وما تختاره (نسمة) يسعدني أن أسعدها به.

- دمت بخير يا ولدي..

أخذنا نشاهد أكثر من متجر، وإخترنا بالفعل بعض الأثاث، لكنى لم أشتر شيئاً، وأصررت أن أؤجل الشراء حتى يكون أباها معنا، كما أنتي جعلت اليوم يمر دون مشاكل، وإذا اخترت وقتها أى شيء، فكان من المتوقع أن تتشاجر معى أم (بسمة) عليه و تفتعل المشاكل..وتحاول إغاظتي أو أى شىء هذا القبيل..

كان لابد لهذا اليوم أن يمر دون مشاكل..

دخل علينا شهر (رمضان)، والصيام وقراءة القرآن والصلاة وكل شىء جميل في هذا ا الشهر الجميل، رائحة الدنيا كلها تكون مختلفة في هذا الشهر، نحن نملك ذكريات جميلة تتعلق بهذا الشهر، كما أن الأرواح تتعلق بربها أكثر، مما أسعدني وسرعت بشراء كل الأثاث في هذا الشهر، لأنه أفضل توقيت أتقى به شر أم (نسمة) بالطبع!! فاستغليت قربها من (الله) ف هذا الشهر، وابتعادها عن التخطيط الشرير ولو لبضع ايام!!!!

حتى أنها إستعجبت جداً من سرعتى وإختياري لهذا التوقيت بالذات برغم البعد عن الطعام والمواعيد المتضاربة قليلاً..في هذا الشهر..

لكن قلت لها أن الصيام يشعرني بطاقة أكبر!!! حاولت طبعاً أن ترفض أو تعدل، لكن (نسمة) إختارت

أثاث جميل فعلاً وغير مكلف إطلاقاً،

فأسكتت كل محاولات الرفض.

فواتير الشراء

وأنا أيضاً أصررت أن تكون كل فواتير الشراء بإسم (نسمة)..

وجاءت مرحلة كتابة قائمة منقولات العروس!

أوضحت لهم أن كل فواتير الشراء بإسمها، فلا داعي أصلاً لهذه القائمة، إلا أنهم أصروا،،،

- حتى نضع رأسنا وتنام مستريحين....

تركتهم لتفكيرهم، وكنت أخاف أن تكون كتابتها لغرض ما في نفس أمها... فقلت اخذ حذري!

قمت بإمضاء ورقة على بياض، دون أي بنود، وقلت لهم في تأثر:

هذا امضاء مني علي بياض، ضعوا ما تريدون من بنود..

كتب أخاها البنود ووضع كل المنقولات... ما اشتريته وما اشتروه هم!

ولكن لا بأس، طالما (نسمة) هي من تتولي الأمور، فأنا لست خائفا...

ساعد على مرور الأمر بسلاسة، أن أمها أصابها التهاب شديد في المعدة بنفس اليوم فلم تستطع الذهاب معنا إلى المحامي أو حضور أي شيء. (اتراه ترتيباً ربانياً)!!

. وبعدها حددنا ميعاد الزفاف...

فقط لتعلن أم (نسمة) أنهم ليسوا جاهزين ولم يبتاعوا ما كان من المفترض أن يبتاعوه...

- المال كان ينقصنا، ثم أننا لا ينقصنا سوى الأشياء البسيطة، ملابس العروس والمفارش والمراتب والستائر والوسائد وأغطية الأرضية،،،

- لا عليكى، أنا كنت أدخر مبلغاً للقيام برحلة بعد الزفاف، سوف أقوم برحلة أبسط، وأشترى ما ينقص (نسمة)

- لا يا بني! نريد ألا ينقصها أى شيء عند زواجها،،

- لا تقلقى لن أتركها ينقصها قشة، سأشتري لها ما تحتاجه!

مرت هذه النقطة رغمًا عنها، لكنها طلبت مني ميعاد لتحديد قيمة المؤخر.

- لاحظ أن الذهب لم يكن كافياً، لا بد من مبلغ محترم يكتب في عقد الزواج!

- وكم تريدين أن اكتب؟

- لا أعرف.. ربما مائة ألف يكون مناسباً!

ظهرت ملامح خطتها الجديدة، وفغرفاه أبا (نسمة) وأخوها، و (نسمة) ذاتها، فالمبلغ كبير وغير متوقع..

- لا أخفى عليكى هذا المبلغ ليس بمقدوري، أحب أن أكتب ما أستطيع، خاصة وأن كل الأثاث تقريباً إشتريته أنا..

- ماذا؟ لا تقل ما لم يحدث، لقد إشترينا لها أشياء كثيرة

- نعم، لكن كلها منذ سنوات!

- أنا أقوم بتجهيزها منذ ولادتها، ثم أن تاريخ الشراء لا يعنيك، المهم أن تجد أشياءها غير ناقصة..

- لكنها ناقصة بالفعل!

- كلها أشياء بسيطة، لو جمعت ما اشتريناه لوجدته أضعاف هذا المبلغ الذي تطلبه.

- لاحظى أني كتبت لها قائمة منقولات محترمة

- هذا أقل مما كُتب لبقية أهلها..

- أحدثك عن قدرتى أنا...

إبنتى تستحق أكثر منهم جميعاً، إنها أجمل منهم وأخلاقها يشهد بها الجميع.

- (نسمة) تستحق طبعاً، إنها أميرة، لكن قدرتى هي ما تتحدث

- يبدو أننا سنصل إلى طريق مسدود!

امم، فهمت! هذه خطتك إذاً! المشكلة ليست في حجم المبلغ، هو غير مطلوب الآن على أية. حال، المشكلة أنها تضع عراقيل منطقية بحيث لا يستطع أن يلومها أحد، فستكون حجتها:

- إذا كنت أريد إفشال الزيجة، كنت طلبت مهراً أو شبكة غالية، لكن كما ترون! مررت كل شئ، وهو يرفض أن يكتب لابنتى مبلغاً كبيراً.. لا يريد ضمان مستقبلها... ترى لماذا يفعل ذلك؟ ماذا ستفعلون إذا تركها مثلاً أو عاد لزوجته الأولى؟! ماذا إن تركت له أولاده لتقوم (نسمة) بتربيتهم بدلا منها؟!.

بدأنا من جديد! مخاوف مخاوف المخاوف النفسية دائماً.. المشكلة أن هذا الأسلوب يأتي ثماره مع ضعاف النفوس، أباها مثلاً يكفى أنها حينما ذهبت لترى الشقة التى سأتزوج فيها وجدت بقعة على الأرضية في غرفة النوم قديمة، فقالت:. ما هذه البقعة؟ يبدو وكأنها بقعة دم قديمة! هل يا ترى؟؟ تم قتل أحدهم في هذه الشقة قديما!!

الأب يحب إبنته ويخاف عليها كأى أب، فيهتز من الداخل بهذه المخاوف، كانت من قبل تؤثر فيه وتجعله يساندها في إفشال الزيجات السابقة، حتى إنتبه للأمر! هناك خطأ ما، المسألة ليست مخاوف، لكنه عقدة نفسية إذن تجعلها تكره تزويج إبنتها، فساعده هذا الاكتشاف على الوقوف بجانبي كثيراً، لكنه أحياناً يضعف..

قابلني خارج المنزل بعدها وفوجئت به يفعل شيئا غريباً.

***

كان يبكى! نعم كان يبكى.. ألا أتركه وأترك (نسمة). و أن هذه الفتاة عانت كثيراً، وأنه لا يمتلك حيل أكثر مما فعل.

هزني بكاؤه فقلت له:

- لا تخش شيئاً، لن أترك (نسمة) مهما حدث من أمها. اكتب ما تريد ياعمى في عقد الزواج، (نسمة) عندي أغلى من كل مال الدنيا.

المشكلة عندى أن عائلتى ترفض هذه الزيجة فلا أستطيع الاستعانة بهم في الموضوع، وعائلتها امها تخوفهم فيساندوها.. وأباها ضعيف ناحيتها، وكذلك أخوها، و (نسمة) تقاتل من أجل مقاومة الحرب النفسية الشرسة التي تمارسها عليها أمها يومياً..

فقررت جعل الأمور تمر، مع حيلة بسيطة...!

***

بالنسبة للشرع، فأنا أنوي ترك كل شيء ل (نسمة)، وبالنسبة للقانون، فكل فواتير الشراء باسمها، فلا مشكلة في هذه النقطة المؤخر هو جزء من المهر في الشرع، و(نسمة) اتفقت معى على قبولها بما كُتب فقط فى قائمة المنقولات والذهب الذي ابتعته لها. هنا، أصبح الأمر سهلاً، يكفى أن تكتب لى (نسمة)

ورقة بأنها استلمت مؤخرها وهنا ننفذ أوامر أمها كما أرادت، لكن في الحقيقة لن أكون مطالباً بشيء أكثر مما تم دفعه من قبل.

وحتى لا يكون هناك خدعة أو كذب، أفهمت أباها ما ستفعله، ولم يعارض، لكن أبلغني أنه سيضع ذهباً كقيمة أكثر في قائمة المنقولات

تركته يفعل هذا، وأنا أعلم أن الحيلة البسيطة التي فعلتها قبلاً، تنسف قائمة المنقولات من الأساس!

الامضاء علي بياض ينسف القائمة نسفا، يثبت أي طبيب شرعي أن الامضاء سبق شراء الأثاث، و هنا سهل علي الزوج أن يدعي وجود تعديل من الزوجة لم يعرفه و لم يقوم بالامضاء عليه! و ينفي المبالغ المكتوبة، و هنا يحكم القضاء ببطلان القائمة...

ماذا؟ ترونتي مخادع!!!

حسناً ضعوا أنفسكم مكاني، كل هذا التخويف وكل ما تفعله أم (نسمة)، أليس وارداً أن تؤثر علي ابنتها بالسلب؟!! ماذا سأفعل ساعتها إلا الخسارة، سأخسر (نسمة)، ثم أموالي معاً، كما أن لدى أولاد، ومن حقهم علي أن أحافظ على حقوقهم... صدقوني لا أنوى أصلاً أن أنكر القائمة، وفواتير الشراء تثبت كلامي، وإذا رزقت منها بأولاد، فسيكون حقها شرعاً مسكن ونفقة، وبالطبع لن أخرج ابني أو إبنتي، أو حتى أحرمهم من أثاث يعيشون عليه، لست وغداً إلى هذا الحد...

أعدكم أنتى لن أستغل هذا أبداً، وسأحافظ على عهدى، فقط أحمي نفسى من أمها ومما قد تفعله

والآن لترك هذه النقطة، فليست مهمة على الإطلاق،

الأهم هو ميعاد الزفاف السعيد!!

أو هكذا ظننت!!

***

عاجل.. وباء (كورونا) اللعين يجتاح البلاد! هذا ما كان ينقصنى! لا يكفى حرب أمها وصراع أهلى معى

والضربات التى أتلقاها من كل جانب! والآن وباء!!! ما تركت مكاناً إلا وطرقت بابه لأجد موضعاً أقيم عليه حفل زفافي، لم أجد ابداً، خاصة وأن الدولة (كما فعلت كل الدول)، اعلنت حالة الطوارئ، ومنعت كل الحفلات والتجمعات كافة على مستوى الجمهورية

وكأن أمها اتفقت على الوباء!! كنت أظن أن تأثيرها محلى فقط، إلا أنه كان دولياً أيضاً!

ماذا سيحدث بعد ذلك؟! هل ستقيم عاصفة يوم الزفاف!!! نسيت أن أقول لكم أنها في خصام معى منذ مناقشتنا يوم المؤخر، وإعتبرت أنى لا أعرف قيمة إبنتها، ولا أعطيها التقدير الكافي

ثم وجدت (نسمة) تتحدث معي و تطلب مقابلتي لأمرهام..

-   حبيبتى، لقد جئت إليكي على الفور، هل تريدين شيئاً؟

نظرت لى نظرات لم أعهدها من قبل، وعيناها الجميلتان مليئة بدموع حبيسة..
ثم قالت:

-   (علاء).. أنا لست على ما يرام.

-   ماذا هناك، لقد أثرت قلقي.

-   أرى.. أرى ألا نكمل هذه الزيجة....

اتسعت عيناي مشدوها، واتسع فمى ذهولا حتى شعرت أن بعض اللعاب
بدأ يتساقط وقلت لها في ذهول:.

-   ماذا؟! ماذا تقولين؟! هل جننتى؟!

-   أنا أحبك.. ولن أحب أحداً بعدك، ولكننى في عذاب..

-   من ماذا؟

-   أمى يا (علاء).. أمى تموت كل يوم، أمى تحبني جداً ولا تتخيل
    فراقى، تذهب إلى فراشي وتقوم بتغطية وجهها وتبكى.. لا تنام
    تقريباً، تبكى طوال الليل.. تتشاجر مع أبي يومياً.. أشعر انها تموت
    ببطء..

ثم صرخت فجأة في لوع باكية..

- لا أستطيع أن أتركها هكذا، أعصابى تحطمت، ياربي ما هذا العذاب!! هل زواجى يسبب كل هذه التعاسة؟!! اليس حلم أى فتاة، وأى أم لإبنتها؟! أن تراها سعيدة في بيتها؟!! هل هذا ذنبي أنني وحيدة؟! أذنبي أنني جميلة؟!

أمسكتها من كتفها وصحت بها:

- كفى يا (نسمة) لا تحطمى أعصابك بهذا الشكل، من حقك أن تتزوجى كما فعلت هى وملايين غيرك وغيرها، لا تستسلمي لحربها النفسية عليكي.. لا تتركيها تخدعك. إنها تقوم بأخر محاولاتها لإثناءك عن الزواج.. ألا تتذكرين ما فعلت بكى في أول من تقدم لكى؟! هل نسيتي ما سردتيه لى من قبل؟! ألم تقنعك بأنه يحتقرها ويعاملها بكل سوء ولم تكن هذه هي الحقيقة؟!

ألم تعترف لكي بعدها بسنوات بفعلتها؟! ألم تكن ترفض أي شخص مناسب، وعندما يخطب غيرك تشكر فيه وتمدحه وتندم على تركه من بين يديها؟!! افيقي يا (نسمة) أرجوكى

- لم أعد أتحمل كل هذا الضغط!
- إذن حان الوقت لتعرفي الحقيقة التي كنت أخفيها عنكي طوال هذه المدة ولم أرد البوح بها.. لكن طالما ضعفتى بهذه الطريقة، فلا بد أن أصارحك..

ونظرت في عينيها مكملاً في ثبات:

- أمك تعاقب نفسها بكى يا (نسمة)، أمك ترى صورتها فيكي، عذابها في شبابك، جمالها القديم في عينيكِ، لقد خُطفت حياتها وشبابها، قضت أجمل سنين حياتها خادمة لأبيكي وأمه، سرقوا أجمل أفراحها وسعادتها، لم تعش الحياة الطبيعية التي عاشتها جل النساء، أصبحت مريضة بكي. تحبك لدرجة الجنون، تعشقك حتى النخاع، ليس لأنكي ابنتها، بل لأنها تراكى هى، لا ترى (نسمة)، بل ترى (وداد)، (وداد) الطفلة الصغيرة الشابة الجميلة، المرأة الحسناء، ساحرة القرية التي دفنوها حاية، دفنوا شبابها وجمالها مع إمرأة عجوز ماتت في السابعة والتسعين من عمرها!! كل تلك السنوات عاشت على أمل أنها إمرأة عجوز و حتماً أجلها قريب، تبخر وتحطم تحت وطأة قوة وجبروت هذه العجوز التى عاشت بصحة وهناء حتى قرب المئة، تعذب فيها وتقتل كل أمل داخلها.. تعاقب جمالها.. اليوم ترى (وداد) القديمة، و تهمس لنفسها أنها يجب أن تحميها...

تحمي (وداد) الصغيرة هذه، تعاقب زوجها الذي تسبب لها بضعفه في كل هذا الألم، تظن أنها حين تمنع زواج ابنته بذلك تنقذ هذه الصغيرة الجميلة من المصير الأسود الذي ينتظرها..

نعم يا (نسمة) لابد أن تعرفي الحقيقة أمك أصابها الجنون، وإن لم تتزوجي الآن، فلن تتزوجى أبداً، لأنها ترى في الزواج هلاكك، كما هلكت هى.

كانت (نسمة) تسمعني في ذعر، بإنصات الذي يوشك أن يغشى عليه من صدمة ما سمع، سامحيني يا حبيتي كنت مضطراً.. كان لابد أن أصارحك بالحقيقة!

سقطت (نسمة) أرضا وأجهشت بالبكاء، فجلست بجانبها

أبكى أنا أيضاً لا أعرف لماذا!! ياربي.. أنت القوى، إحمنا بقوتك.

✹✹✹

مرت هذه العقبة بسلام فضل العلى القدير..

حددنا ميناء الزفاف بصعوبة، وخضنا معارك حقيقة لاختيار ملابس الزفاف، وكلما اقترب الموعد زاد الصراع أكثر، وزادت الحرب النفسية ضراوة، حتى كنت أجد كل الجميع أعصابه محطمة من حولى، وكنت أهمس لنفسي ألا أضعف، وأنه يجب أن أحافظ على أعصابي سليمة، يجب!

لقد اقتربت من خط النهاية، ودائماً في هذه المرحلة تنشط الخيول ويزيد حيوية العداءون، وتسبق الطيور الريح، ليفوزوا بالمركز الأول.

بدت (وداد) وكأنها استسلمت للأمر الواقع، بل واختارت ل(نسمة) فستان الزفاف و إشترت فستان لها أيضا.

قمت بدعوة عائلاتي للحضور، لكنهم رفضوا جميعاً، لكن هذا لم يزعج أهل (نسمة)، وأعلنوا أنهم لا يعينهم سواي..

يشترونني برغم كل الظروف.

تعرضت طبيعاً لخصام من بعض أقاربي، وشجار البعض، لكن كل هذا لم يفت في عضدى، وأصررت أكثر على إتمام الأمر... أخر زيارة لأولادى، أفهمتهم ما سيحدث، واستوعبوا الأمر بصعوبة بحكم سنهم، لكن لم يكن بالطبع في يدهم أى شيء ليفعلوه، خاصة وأن أمهم على الحياد فعلاً، لا أستطيع القول بأنها ليست حزينة لزواجي، ولكن تفكيرها بعملها وطموحها الكبير كان يلغي هذا الحزن. هي إنسانة عملية جداً..

وهذا كان نقطة تفوق بالنسبة لى. تخيلت للحظات ماذا كان سيكون الموقف لو وقفت ضدي! و ارتجفت!!

أهل (نسمة) كانوا يحبونني، ويشعرون بالراحة معى، خاصة وأن منهم من يسكن بالمنطقة وتعامل معى كثيراً من قبل..

أعمامها وعماتها لم يردوا على الدعوة أصلاً!

وعرفت من (نسمة) أنهم افتعلوا مشاكل كثيرة مع أباها وأمها، وعمتها (نادرة) بالذات تهكمت على (وداد) كثيراً. وعايرتها بزواج ابنتها من مطلق مثلي! وعمها (عباس) كان مشغولاً جداً في عمله فلا يحضر أى مناسبة أصلاً، و (نعيمة) كانت طاعنة في السن فلا تحضر أى مناسبات وهكذا.. حسناً لا يهم، عندى أهلى لن يحضروا الزفاف أيضاً.

حان موعد الزفاف وجدت التجهيزات على قدم وساق أشياء بسيطة لكن مطلوبة وبشدة، يعرف كل من خاض تجربة الزواج معاناة التفاصيل البسيطة.

قمنا بحجز مكان يتبع لنقابة الصيادلة، ودفعنا مبلغ حجز لليوم.. وكان هذا شديد الصعوبة نظراً لوباء (كورونا)الذي انتشر بشدة وكان هناك إجراءات حازمة جداً بشأنه..

منها منع كل الاحتفالات والتجمعات كما ذكرت..

كانت الأمور جيدة حتى اليوم الذي يسبق يوم الزفاف، أو هكذا ظننت!

****

مكالمة هاتفية من مسئول النقابة...

- أهلابك، معك (علاء)..

- نعم طبعاً يا عريس.. اهلا بك، الواقع أن لدى خبراً سيئاً.

ابتلعت ريقي وقلت في حذر:

- ماذا حدث؟ هل حدث شيء بالقاعة؟

- لا، لكن النقابة أخذت قراراً بمنع كل الحفلات إلى إشعار آخر، بسبب قراراً حكومياً سابقاً لهذا.

- ماذا تقول؟ هذه كارثة؟ و لم اليوم بالذات؟ ولماذا قمت بالحجز إذن إذا كان هناك قراراً بهذا الشكل؟؟

- كنا نقوم بالأمر بشكل ودى دون مشاكل، إلا أنه يبدو أن هناك من قدم شكوى..

- ماذا قلت؟ شكوى؟؟

- نعم، من مجهول، قامت الدنيا ولم تقعد وقام مسؤل رفيع المستوى بالتحدث مع نقيب الصيادلة موبخاً إيه، لا أعرف ماذا أفعل ولا كيف أعتذر لك..

رفعت حاجبي في دهشة، لا أعرف ماذا أقول؟؟ معقول أن تكون (وداد) من فعلت هذا!؟ لا مستحيل، ليس لهذه الدرجة، هل تصل بها الأمور إلى هذا الحد؟! لا أصدق أبداً!! أكاد أجن من المفاجأة، ومتى؟ قبل الزفاف بيوم واحد!

كنت كالمتلقى ضربة على رأسه، وكلمت حماي واطلعته على الموقف...

- لا أعرف ما الحل، لا استطيع إلغاء الزفاف.

هناك من جاء من القرية بالفعل.

- لا تخف، سأتصرف...

كلمت كل اصدقائي، وكل من يمتلك قاعة أو مطعم أعرفه. وفى النهاية وبعد بحث شاق، عثرت على مقهى كبير على النيل يقوم بتنظيم احتفالات الخطبة..

إلى مدير المقهي ذهبت وشرحت له الموقف، فرحب الرجل بشدة، مع ضعف الثمن بالطبع!

وافقت مضطراً، وأبلغت حماى بالموقف، وأبلغنا (الشيخ) بالحضور لعقد القران في مكان آخر غير المتفق عليه، وبما أنه من نفس منطقتنا، فوافق الرجل.

وفي اليوم التالى، ارتديت ملابسي عند مصفف الشعر، لأن جميع أقاربى رفضوا استقبالى (الأنذال)، (وكأني أرتكب جريمة)!

يأخذون صف طليقتي الغير مهتمة أصلاً، لكن حجتهم جاهزة..

- حتي عندما يكبر أولادك، لا يلقوا علينا اللوم، لو أضعت حقهم أو ظلمتهم سيتهمونا معك إذا حضرنا، سيكون اعترافا منا بفعلتك الشنعاء التي قد تفعلها!

حسناً، لا فائدة من النقاش إذن! ارتديت ملابسي، وتوجهت إلى منزل (نسمة) لأخذها إلى المقهي الذي يستقبل الاحتفال... فقط لتستقبلني أمها على الباب، وعلى وجهها علامات الانتصار! خيرا يارب!!

- لا نستطيع الاحتفال بصوت عال، هناك جار لنا توفي بالأمس فقط، وليس من اللياقة أن نقوم بمظاهر إحتفال و نؤذى مشاعر جيراننا!

(ترى هل قتلت الرجل خصيصاً)!!!!!

ومع خروج (نسمة) بزى الزفاف، والبسمة على وجوهنا جميعاً، وبينما كان يأمرنا أباها بعدم القيام بأى مظاهر احتفال حتى نخرج فقط من الزقاق..

المتوفى بجانب بيتهم مباشرة.. التزمنا جميعا بما قال، وخرجنا في صمت و مددت يدى لأمسك يد (نسمة) العروس، فى سعادة وصمت. وفجأة، إنطلقت إحدى أقاربها تزغرد في صوت عال...!! تجمدنا جميعاً في ذعر، ونظرنا لها في ارتياع، فقالت معتذرة:

-   أسفة!

فقط لنجد عشرات الأشخاص الذين برزوا من البيت الثاني(بيت المتوفى)، ليصرخوا في غضب:

-   ماذا تفعلون؟! ألا تحترمون مشاعر جيرانكم أيها الأوغاد!!

واختلط الحابل بالنابل!!!!!

بدأت معركة بين اهل المتوفى، وأهل (نسمة)، محاولين فيما يبدو إفساد الزفاف، ورأيت وسط عيناي المشدوهان من هول المفاجأة إحدى السيدات تحاول الوصول إلى (نسمة)!

عرفت ما سيحدث بعدها، لو تمزق الفستان أو بدلتى لانتهى اليوم بالطبع... أخذت يد (النسمة) وصحت فيها:

-   (نسمة)، انظري الي ولا تهتمى بما حولك إنظرى لى فقط..ولا تتركى يدى...!!!

وأخذت يدها بهدوء أجرها جرا للخارج عن طريق فتحة جانبية بأخر الزقاق، ونجحت في الخروج و تركت الجميع يتعاركون،،

- أبي وأمي، اين هم؟

لا تخشى شيئا، سيخرجون..

وبالفعل بعد برهة خرج الجميع، وعرفت أن بقية أهل المنطقة قاموا بحجز المتعاركين وتهدئة أهل الميت..

ركبنا السيارات، وسط الاعصاب المشدودة، وتحركنا إلى المقهى..

نظرت بجانبي، فوجدت (نسمة) تبكي بحرقة:

- (نسمة) لا تبكى يا حبيبتي.. لم يحدث شيء.
- يحدث كل هذا يوم زفافي، وتقول لا تبكي!
- كان من الممكن أن يحدث الأسوأ، لو نجحوا في الوصول إليكي.
- ولماذا يحدث لى كل هذا، من يحاول إفساد أجمل يوم بحياتي!!
- نحن معاً، نمسك بيد بعضنا، اعتبرى أنك في طريق مشاق طويل، لكنه اقترب من نهايته، (نسمة) لقد اقتربنا من خط النهاية، حيث تجدين أشد المتسابقين ضراوة.

وصلنا إلى المقهى، وكان الرجل يزين المكان بأجمل الزينة، كما وعدنى، ودخلنا إلى القاعة أنا وهى أخيراً.. فقط ليميل مدير القاعة على أذنى قائلاً:

- لقد إتصل بي أحدهم ليبلغني بإلغاء الاحتفال، لا أعرف من، ولكنني توقعت انها خدعة، طالما أنك لم تتصل بى وتلغى بنفسك، فقمت بكل شئ كالمعتاد.

- أشكرك كثيراً يا سيدى!!!

جلست، ومعى (نسمة) وجاء المأذون وجلس ليقوم

بتحضير أوراق عقد القرآن..

نظرت لمن حولى أبحث في الوجوه، فلم أجد أم (بسمة): وجدت أباها وأخاها طبعاً، ليضع الرجل يده في يدى لنبدأ عقد القرآن.

بحثت في القاعة مرة أخرى فلم أجد (وداد)، غريبة!

هل قررت أخيراً عدم الحضور!! إلا أننى وبعد برهة، لمحتها خارج المقهى، مع أقاربها السيدات، يربتون عليها ويهنئونها، وربما يواسونها..

كانت تبكي بحرقة وتنظر لى في مقت..!

إبتسمت ابتسامة خفيفة واشحت وجهي عنها، لأجد وجه (نسمة) الرقيق يتلألأ فرحاً وقد نست ما مرت به

أخذ الرجل يتلو المراسم، وعلى وجوهنا ابتسامة الفرح و النصر! نعم كان نصراً، كم ضحينا جميعاً وإحتملنا لنصل لهذه النقطة!

وبعد أن انتهى الرجل، وبعد أن تلا أبو (نسمة) أخر كلمات مراسم التزويج وبعد أن أصبحت اخيرا

(نسمة) زوجتي أمام الجميع رسمياً!! لم نشعر بأنفسنا أنا وهى، إلا ونحن نقفز من أماكننا فرحاً، ونحتضن بعضنا في قوة،

معلنين انتصارنا على أمها، وعلى الدنيا كلها..... إنطلقت الزغاريد والبكاء الفرح من حولنا، واندفعوا

جميعاً لتهنئتنا وتقبيلنا...

لكننا لم تشعر بكل هذا، لم نشعر إلا بأجسادنا. المتلاحمة، ولم نستطع ترك بعضنا، خوفاً أن نبتعد فلا نعود مرة أخرى...!

كل هذا وأمها واقفة لازالت تبكى!!!

توقعت خنجرا ينغرز في جمبي وسط الزحام! إلا أن ذلك لم يحدث و لله الحمد...!

الآن لا أعرف ماذا أفعل؟

ترى هل أنا قادر على النسيان؟ هل نستطيع نسيان كل ما مررنا به من أهوال كى نفوز ونتوج حبنا بالزواج؟ ما هو مصير أمها، وكيف ستتعامل معنا؟ هل ستتقبل الوضع الجديد؟ أم ستحاول إفساد الأمر؟!!

هل تصمد (نسمة) فى وجهها وتتمسك بحياتها وزواجها؟ أو تضعف أمام حبها لأمها الذي لم تستطع نسيانه؟؟

ترى ماذا يخبئ لنا القدر؟!

أرى أن لهذه القصة نهايتان.. إستسلام وخضوع (وداد). وربما الحب أيضاً، أو الحرب حتى النهاية، نهاية زواجنا وحبنا... من جهتى أنا، سوف أحارب حتى النهاية، طالما في قلبي نبض، وأنفاس تخرج وتدخل، من أجل (نسمة). في رأيكم، ماذا ستكون النهاية....

لا تخافي (يا وداد)، لا تخافي يا صغيرتي، سأحميكي، سأعيش لأحميكي من (جابر) وأمه.. لن أتركك فريسة سهلة لهم. لن يستطيعوا الوصول إليكي طالما أنا على قيد الحياة. فكرت لبرهة أن أنتحر، أن ألقيٰ نفس في نهر النيل بنفس المكان الذي تقيمين فيه عقد قرانك.... لكن لا.. لا بد أن أحيا، لن تكونيٰ لقمة سائغة، يلوكها الأشرار، ويلقونها بلا جمال ولا سعادة...

الجمال كان عذابك، الجمال كان عقابك... ربما لو كنتى قبيحة لعشتى كما عاشت أختك هائئة سعيدة بزوجها وأولادها في قريتكم، لكن، وطالما إختارني القدر هنا.. في هذه المهمة، فلن أتخلى عنكى لحظة.. لا تخشى شيئاً...

همست (وداد) بهذه العبارات وهى تمسك صورة (نسمة) وتحدثها كأنها موجودة، ثم تركتها بجانبها وربتت عليها في حنان، ونامت على فراش إبنتها، وغطت نفسها بغطاءها حتى وجهها... ونامت.

نامت بعمق.....

✳ ✳ ✳

* تمت بحمد الله *

9 798222 768295 6